「面倒見るなら、最後まできっちり見ろよ……」
「でも、いきなりこれは飛びす——」
反論しようとした唇を奪われた。
（本文より）

カバー・口絵・本文イラスト■桜城《さくらぎ》　やや

明日もきみと恋の話

李丘那岐

この物語はフィクションであり、実際の人物・団体・事件等とは、いっさい関係ありません。

CONTENTS

明日もきみと恋の話

恋をするというのは、たったひとりの特別な人と、心の奥の大事なところで会話をすることだと思っていた。

「別れてほしい」

そう言われるまで俺は、会話が一方通行になっていたことに、まるで気づかなかった。

いったいいつから俺の言葉は、独り言になっていたのだろう。

今も、うたた寝の夢の中で、恥ずかしい愛の言葉を囁《ささや》かれたばかり。目覚めたら、当人が神妙な顔で立っていて、どんな言葉でその表情を溶かしてやろうか……なんて、暢気に考えていたところだった。

「別れる……?」

寝耳に水で、巧く意味が理解できなかった。笑い飛ばしてくれることを期待して問い返したのだが、暗かった表情が、さらに暗くなるだけだった。

その顔を見て、出会った頃を思い出した。男前だというだけで反感を買う職場で、暗い顔に敵意まで張り付けていては、好感など持たれるはずもなかった。だけど、自分と会話を重ねるごとに、表情は明るくなっていって……だから、今日も話せば笑ってくれると思っていた。

「好きな女ができた」と言われた瞬間に、自信もプライドも、すべてが砕け散った。男の俺に、別れる以外の選択肢なんてあるわけがない。

それでも納得できなくて、責めて詰《なじ》って精一杯の心をぶつけた。だけど、相手の心に届かない言葉は虚《むな》しく宙に溶けるだけ。受け入れてもらえない言葉は塵と同じだった。

その黒い瞳に見つめられるのが好きで、いつの間にか、自分よりたくましい腕に抱きしめられる劣等感も、悦《よろこ》びに変わっていた。これからもずっと二人で……なんて思っていたのは、俺だけだったらしい。

「……本当に……これで終わり、なのか？」

悪あがきのように訊《たず》ねたのは、こっちを見てほしかったから。最後にもう一度だけでいいから、その瞳に自分を映してほしかった。心を見せてほしかった。

だけどそれは叶わなかった。頑《かたく》なな瞳は終始逸《そ》らされたまま。ラメでキラキラ光る黒いスーツが、別れを告げる喪服のように見えた。

耐え切れず、その場から逃げ出した俺の背を、悲痛ともとれる声が追いかけてきた。

「——るる！」

しかし、いつも強引だった腕が、俺を引き戻してくれることはなかった。

放り出されて、だけど心だけがずっと、その声に鷲摑みにされている。無理に剝《は》がそうとすると心ごと裂けてしまいそうで、放置しておくことしかできなかった。

あれから、いろんな人といろんな話をしてきたけれど、今も心が欲する声はひとつだけ。でも、時間が経つごとにそれも薄れ……きっともうすぐ消えてしまうだろう。

そうしたらまた、違う特別な声が、心に届くようになるかもしれない。今度の声は、もっと可愛げのある素直な声がいい……あいつとは正反対の。

望みは漠然と、来るのかわからない遠い未来へ向けられた。

一

日本一の歓楽街と呼ばれる街を背にして、ほんの十五分ほど歩けば、庶民的と呼ぶに相応しい住宅街に出る。「コーポ」だとか「荘」だとか、そんな昭和の香り漂うアパートが建ち並ぶ一角に、俺は自分の城を建てた。

小さな神社の向かい側、細い路地へと入る角地に建つ、木造二階建ての一見普通のアパートに見える建物。板壁は、わざとかすれ気味に薄いピンク色で塗って、レトロ感を醸《かも》し出した。目指したのは、古い木造校舎のような、懐かしくて温かい雰囲気。実際には、二年前に改築したばかりなのだけれど。

一階には、アパートにしては少し狭めの間隔で、ドアが六つ並んでいる。それぞれのドアには小さな名札がはまっていて、壁面の一番端には「花荘《はなそう》カンパニー　事務所はこちら↓」という手書き風の案内看板が下がっていた。

その矢印をたどって建物の角を曲がると、上半分にガラスの入った木製のドアがあり、それを開ければ陶製のドアベルが澄んだ音を響かせる。

「ピカちゃん、おかえりー」

ちょっと気の抜けた女性の声が迎えてくれた。

「ただいま」

中に入るとホッとする。外は外で秋風の気持ちいい気候だったのだが、家に帰り着いた安堵感は、また別物だ。しかし、はちみつ色の木目で統一した室内は、多くの男性には少々尻の据わりの悪い空間かもしれない。

外から覗《のぞ》き込むと、カントリー調の雑貨屋か、メルヘンな洋菓子屋かといった雰囲気で、前の道を掃除していると、「なに屋さんなんですか？」とよく訊《き》かれた。その時にはすかさず、「お話をする会社なんですよ」とチラシを渡してセールストークを展開する。

愚痴《ぐち》も自慢も世間話も、なんでも聞きます、話しましょう、というのが、ここ花荘カンパニーの売り文句だ。

ホストをしていた頃に培《つちか》ったスマイルで「気が向いたら来てくださいね」と売り込めば、だいたい曖昧《あいまい》な笑みが返ってくる。怪しいと思うのは普通の反応。それでも後日、けっこう悪くない確率でやってきてくれる。

ただ誰かと話がしたい、気兼ねなく愚痴を言いたい、暇だったから——理由はさまざまだ。

見栄や寂しさの狭間で、独りもがいている人間が都会には多い。だから、孤独な人の緊急避難所、困った時の駆け込み寺として利用してもらえたら……と、この会社を始めた。

ほんの少し人と話をしただけで心が軽くなることもあると、俺自身がよく知っているから。

「……あれ？　みどりんだけ？」

出入り口から真っ直ぐ伸びた廊下を進みながら、奥にいた女性に声をかけた。

「そう。使用中は青柳《あおやぎ》のおっちゃんと、朱《あけ》ちゃん。朋《とも》くんはチラシ配りに行ったー」

廊下に沿った左壁面には、ドアが六つ並んでいて、これは表の道に面したドアと呼応している。ドアとドアの間は小さな個室になっていて、そこでスタッフはお客さんと話をする。ドアの上のランプが点灯していれば、現在使用中。今は二つ点灯していて、青柳と朱乃《あけの》というスタッフが中でお客さんと話をしているらしい。みどりが事務所の留守番で、朋哉《ともや》が営業に出ているということ。

今のところスタッフはこの四人。そしてこの俺、佐脇光流《さわきひかる》が社長だ。

社名の「花荘」は、外観のアパートっぽい雰囲気と「話そう」とをひっかけた。それだけではあまりに普通のアパートみたいなので、カンパニーをくっつけてみたという次第。駄洒落《だじゃれ》みたいな名前だが、自分ではけっこう気に入っている。

二階は普通の賃貸アパートになっていて、ここの名前はそのまま花荘だ。

一応事務所にも、客用のソファがある小さな応接スペースがある。しかし、完全予約制なので、そこに客がいることは少なかった。

奥の事務所スペースの真ん中には八人がけの大きな木製テーブルが鎮座している。スタッフ全員が座って話ができるようにと選んだものだが、会議も、弁当も、雑談もみんなここで行うため、家族が集まる居間のテーブルのような感じになっていた。

みどりはそこに座って雑誌をめくっている。遊んでいるわけではなく、情報収集。その言い分は認めている。

「ねえねえ、ぴかちゃんは射手座だよね。今月はビッグチャンス到来だって！　人との出会いが運勢を変えます。積極的に人と話をしましょうって、これぴかちゃんに言ってもねえ……」

ちなみにぴかちゃんとは、俺のことだ。名前の光流からきているのは間違いないが、著しく社長の威厳を損なう呼び名だった。

しかし、威厳がないのは呼び名のせいばかりではない。そもそも二十八歳で威厳なんてある方が普通じゃないだろう。

身長百七十八センチ、ややや痩せ形は標準体型と言っていいはず。目の大きさは普通、鼻筋はわりと通っていて、唇はちょい厚め。特別よくはないが、悪くもない地味な顔立ち。柔和で、威厳とは遠いが、自分では「中」程度の容姿だと思っている。

しかしこれだって、常に笑顔でいれば「中の上」くらいには格上げされるのだ。それに、笑顔は人を引き寄せる。寂しいのが嫌いだから、俺はいつも笑みを浮かべていた。子供の頃からなので、今ではもう笑顔が基本の表情だ。

短めの髪に軽くパーマをかけて毛先を遊ばせた髪型は、友人の美容師がおまえの笑顔によく合うと勝手に切ってくれた。明るく見えるのはとてもありがたいのだが、これがまた威厳とはほど遠い。堅いスーツは恐ろしく似合わなくて、テーラードジャケットと細身のジーンズをここでの基本の服装にしている。

責任者に威厳がないのは困ることも多いが、威厳を出そうと無理をして、相手と距離ができることの方が俺には問題だった。軽んじられても、気さくに話しかけてもらえる方がいい。

「ビッグチャンスってなに？　馬券買いに行って、売り場の人としゃべれば当たるとか？」

「なに、ぴかちゃんの望みってお金なの？　夢がなーい。色気もなーい。恋の花とかさー、咲かせようよ」

「……恋の花ねえ……。いらないいな」

考えるまでもなく切り捨てる。

「本当にぴかちゃん二十八歳なの？　枯れすぎ」

「俺よりみどりんは？　自分だってシングルだろ」

「私はシングルじゃないもん。きいちゃんがいるもん。それに、私はやることやって枯れてるんだから、もういいの」

三十三歳、バツイチ子持ちは胸を張って言った。

「俺も……いいんだよ。恋の花なんかより、会社の運転資金の方が百万倍大事！」

俺がこの会社を立ち上げたのは二年前。六年間ホストをして貯めた金で、二十六歳の時に起業した。

ホスト時代はキラキラのスーツを着て、愛想のよさと聞き上手を武器に、自分より容姿に恵まれている奴らと張り合っていた。基本的に負けず嫌いだから、最初のうちはナンバーワンになりたいと思っていたけれど、そのうち客と話をすることそのものが楽しくなっていた。

「ヒカルと話をしていると元気が出るわ」と言ってもらえることが、たくさん金を落としてもらうことよりも嬉しかった。世の中には寂しい人が多くて、俺はもっといろんな人と話をしたくて、話すことを仕事にするには葛藤《かっとう》があったけど、始めてよかったと今は思っている。

最初の年はホスト時代のお客さんがほとんどで、見事に赤字だった。二年目には口コミなどで客が増え、なんとか収支トントンというところまで持ち直し、三年目はまだ始まったばかりだが、昨年度と同じようなペースで推移している。

赤字さえ出なければ続けていける。この仕事は儲《もう》けることより、続けることが大事なのだ。ここに来れば話を聞いてくれる人がいる――そう思って足を運んでくれる人に閉店なんて文字は絶対に見せたくない。

そのために、今は自分の恋愛よりも断然お金が大事だった。仕事第一。

「へえ。ぴかちゃんも、恋愛でなんか痛い目見たの？　ホスト時代に遊びすぎたとか……それはないか」

みどりは興味津々の顔を寄せてくる。

「別に……」

はぐらかす言葉も、本当のことも、どっちも出てこなかった。

ホスト時代のことを話したくないわけじゃない。その頃していた恋の話をしたくないのだ。その相手の話を――。

別れたのはもう五年も前のこと。確かに痛い目は見たけれど、その痛みも薄れてきている。だけどまだ、明るく口には出せない。話しにくい理由に、相手が男だからというのもあるけれど、それより厄介なのは、未だ胸にわだかまっている想いだった。

しつこく心の中に居座る、男らしく整った顔、自分だけを呼ぶ低い声。思い出しただけで胸がぎゅっとなる。

「ぴかちゃーん、どうしたの？　なんか怖い顔になってるけど」

声にハッとして顔を上げれば、目の前に好奇心いっぱいのまん丸な目があった。

「みどりん、顔近い……」

鼻と鼻との距離は十センチほど。逃げるように顔を引けば、グロスでつやつやの唇が不満そうに尖った。

「なによー、心配してあげてるのにぃ。ぴかちゃんって普段はニッコニコだけど、たまーにそういう顔するよね。悩み事ならお姉さんに話してみなさい。聞いてあげるから」

くるくるの巻き髪にふっくらした白い顔。二十代前半にしか見えないみどりだが、俺より五つも歳上だ。見た目キャピッとした感じで悩みなんかなさそうに見えるけど、人生経験はかなり豊富な苦労人。

「はいはいお姉様。その気遣いは、お客さんに向けてあげてください」

「ぴかちゃんって、本当、自分のことは後回しだよね。聞き上手は話し下手、だったりするけど、ぴかちゃんの場合は自分がおろそかになってるっていうより、わざとおろそかにしてる感じ？　自分のこともちゃんと構ってやらないと、心がストライキ起こしちゃうよ」

優しい目で諭《さと》される。元看護師であることも、彼女の言葉に深みを与えていた。指摘も鋭い。ブレーンとしては頼もしいが、やっぱり自分のことを話す気にはなれなかった。

「ありがとう。でも、俺もひとつくらい謎を残しておかないとね。出し惜しみしてるだけだから、大丈夫。話したくなったら、金を払ってでも聞いてもらうよ」

たぶん、もう少ししたら、話せるようになる。馬鹿な恋をしたと、笑いながら。

「わかった。その時は安くしといてあげる」

逃げたのはわかっただろうが、あっさり引いてくれた。

「初回お試し価格でお願いします」

おどけて頭を下げ、事務所の一番奥にある給湯設備へと向かう。コーヒーを入れて、事務机の上のノートパソコンを開いた。

ここには社長室も個々の机もない。大テーブルの他には、電話や事務仕事などをするための机が向かい合わせに二つあるだけ。

二階の賃貸アパートの一番手前が俺の部屋だから、言うなればそこが社長室。ひとりで仕事をしたければ書類を持って上がればいいし、誰かが体調を崩したという時には医務室にもなる。寝かせるベッドは俺のベッドしかないが。

というか、部屋にはベッドしかない。わかりやすく寝に帰るだけの場所。

寂しいのは好きじゃないから、ひとりで部屋にいることは少なかった。恋人が欲しくないわけじゃないけれど、そういう気持ちも体力も全部、今は仕事に注いでいる。

前の恋を忘れるには新しい恋というのはきっと正しい。だけど、心の奥を開ける特別な誰かは、そう簡単には見つからなかった。今は仕事が恋人で満足している。

ドアベルの音がして、薄手のブルゾンにスラックスという格好の、長身の青年が入ってきた。

「朋哉《ともや》、ただいま戻りましたー」

軽い調子で言って、明るい笑みを浮かべる。

「おかえり」

「おかえりー、朋くん。成果は？」

みどりが問うと、朋哉は指を二本立てた。Ｖサイン、ではないらしい。

「駅前で人待ち顔だったお嬢様を二人、ゲットしちゃいました！　今度絶対行きまーす、だそうです」

朋哉は一重のすっきりした顔立ちをしているが、目を細めて口の端を上げると、すごく艶っぽい顔になる。一緒にホストをしていた頃には、エロくさいと客によく言われていた顔だ。女性はこの顔に弱い。

「さーすが、朋くん。元ナンバーワン！」

「みどりん、俺もつかの間だけどナンバーワンだったことあるんだけど……って、まあそれはいいとして。女性問題で揉めるのは勘弁してくれよ」

責任者らしく釘を刺す。

「大丈夫。そういう気配を感じたら、俺にはずっと一途《いちず》に想ってる人がいるって、さりげなく話すから。ま、そういうところも受けちゃったりするんだけどね」

朋哉は軽い口調で言ったが、こちらに向けられた視線はねっとりと重かった。それには気づかないふりで、さりげなく目を逸らす。

「朋くんみたいな軽そうな男が、実は一途っていうギャップ、ポイント高いのよねえ。朱ちゃんと二人で応援してるからね」

「ありがとう、みどりさん。俺、頑張るから」

二人で手を取り合って意気投合している。なにを応援して、なにを頑張るのかは、あえて追及しなかった。

「朋、税理士から書類預かってきたから、ざっと目を通しておいてくれるか？　俺は今からお客さんだから、内容は後で説明する」

机の上の紙袋を指さす。この会社の経理関係は俺もやっているが、ほぼ朋哉が仕切っている。

「はーい。光流さんのお願いなら俺、なんでも聞きまーす」

「おまえなあ……。俺を冗談のネタに使うな」

「俺は冗談なんて――」

言い返そうとした朋哉を遮るように、「ピンポーン」と陽気なチャイムの音がした。見れば、ひとつのドアの上でランプが瞬いている。来客の合図だ。

「お、いらっしゃった。カモミールティーで頼むな。じゃ、行ってくる」

救われた気分で席を立ち、俺はそそくさとドアに向かった。

最近、朋哉はなにか開き直ったようにアプローチしてくるのだ。

朋哉とは、ホストクラブ時代から、かれこれ五年の付き合いになる。新人だった朋哉の世話を、俺としてはいつもと変わりなく焼いていたつもりだった。それがなぜか懐かれ、会社を始めた時にも勝手についてきた。

朋哉はいい男だ。部下としても優秀だし、すごく助かっているのだが、最近どうも雲行きが怪しい。俺が男と付き合っていたことを、朋哉は知らないはずなのだけど……。

またしても思い出したくない顔が浮かびそうになって、首を振って気持ちを入れ替える。四畳程度の狭い部屋を縦断して、表に面したドアを開けた。

二回目以降の客は、時間を約束して、着いたら目当ての部屋のインターフォンを鳴らしてもらうようにしている。友達の部屋を訪ねる時と同じように。

「こんにちは、琴美《ことみ》さん。どうぞ」

室内も友達の部屋という感じになっている。飾りつけも掃除もスタッフそれぞれに任せているため、部屋の中は趣味の物で溢《あふ》れていたり、畳が敷かれていたりと、それぞれかなり自由で個性的だ。

俺の部屋は、中でも一番シンプルだろう。フローリングに南国風の観葉植物を置き、クリーム色の壁には青空の大きな写真パネルが掛けてある。黄色のソファを向かい合わせに置き、丸いローテーブルには小さな花瓶がひとつ。今日は真っ赤なガーベラを一輪挿した。

「久しぶりね、ヒカル」

琴美さんは時々やってくるクラブのママさんで、ホストクラブでも俺を指名してくれていた。源氏名《げんじな》はカタカナでヒカルだったので、音だけなら今も違和感はない。

「今日は髪、下ろしてるんですね。ラフな感じもいいじゃないですか。似合いますよ」

ソファまでいざない、向かい合わせに座って開口一番に言った。

「そう？　なんだかだらしない感じがして嫌だったんだけど、歳のせいかしら、面倒になっちゃって。お休みの日はいいかな……なんて」

琴美さんは少し照れくさそうに髪を撫でた。歳だと言っても、たぶんまだ三十代半ばくらい。髪を下ろすといつもより若く見えた。艶やかな髪はきちんと手入れされていて、だらしない感じなんてまったくしない。

「ドキッとしちゃいましたよ。お店にもそれで行ったら、お客さん大喜びだと思うけどなあ」

「本当？　ヒカルはのせるのが巧いから」

半信半疑という顔で言いながらも、少し嬉しそうに顔が輝く。

琴美さんは完璧主義で猜疑心《さいぎしん》も強く、ホストクラブでも仕事の愚痴みたいなものは一切漏らさない人だった。話したくないなら無理強《むりじ》いはしないが、肩に力が入っているのが辛そうに見えて、愚痴なんて無駄だと言う琴美さんに、無駄こそが心の癒しになると、愚痴吐きを奨励し続けた。

今ではごくナチュラルに愚痴も交えて話をしてくれる。

それは俺を信用してくれたということで、話すたびに表情が明るくなるのを見るのも嬉しかった。

「そうだ、ほら、ヒカルと仲のよかったホストがいたじゃない、すっごく男前の」

話が飛ぶのは、思考が自由な証拠だからいいのだけれど。突然言われては困ることもある。

「男前……ケンジ、ですか？」

不自然に空いてしまった間を思いつかなかったせいにして、浮かんだのとは違う名前を口にした。

「違うわよ。もっとほら、背が高くて目が鋭くて、なんかシュッとした顔の……」

「ユウ、ですか」

他には思い浮かばなくて、仕方なくその名前を口にした。久々に声に出したら、薄れかけていた過去がほんの少し鮮明になった。

「そうそう。ユウよ、ユウ。彼、今なにしてるの？」

「さあ。あいつが店を辞めてから一度も会ってないので……」

いつも通りの笑顔を浮かべながらも、視線は自然に落ちていく。

「あら、そうなの。私、こないだ見かけたのよね、うちの店の近くで。パリッとしたスーツを着て、ブリーフケース提げて、なんだか高級官僚みたいな感じ。すごく似合ってたわ」

「似た人なんじゃないですか。あいつは地方に行って結婚したらしいから」

胸の痛みまでよみがえってきそうになって、俺は無理に笑みを深くした。

「見間違えられるような顔じゃないでしょ、あれは。それに私は、男の顔を見分けるプロよ。地方に行って結婚したって、こっちに来ることだってあるでしょ」

その言葉を否定する材料はなにもなかった。俺はただ、あいつが近くにいた可能性を否定したいだけだった。

「そう、ですね。いい男はなにを着ても似合うからいいですよね。俺はスーツ着ると、新成人みたいな感じになっちゃうけど」

冗談で逃げを打つ。

「あら、ホストのスーツは似合ってたわよ。七五三みたいで」

「ものすごく年齢下がってますけど、それ」

笑ってその話題は終了し、また話が飛ぶ。それからなにを話したのか、正直よく覚えていない。

笑顔で琴美さんを送り出し、ソファにドスッと腰を下ろした。

話題に少し出てきたくらいで、なぜこんなに動揺しているのか。結婚したからには、ちゃんとした職に就いているのは当然のことだ。あいつは頭もよかったし、俺にはよくわからない難しい本をいくつも読んでいて、元々なぜホストをしていたのかわからない奴だった。

「ま、関係ねえな」

吹っ切るように言って、立ち上がる。

今どこでなにをしているかなんて関係ない。過去に話したことにどんな嘘があったとしても、もうどうでもいいことだ。

無駄なことを考えるのはやめて、今の恋人である仕事に頭を切り換えた。

二

「光琉さん、今日は匿名《とくめい》さんの日ですよね？」

朋哉がニヤニヤしながら話しかけてくる。

「匿名さんの日って……。なんでおまえがそんなこと覚えているんだ？」

俺は不審な顔で訊ねた。

「だって気になるじゃないですか。月に一度やってくる常連さんなのに、顔も素性も明かさない、しかも指名は絶対光流さんって……怪しすぎるでしょ」

話し好きはいいのだが、噂話好きなのは困る。

「怪しいとか言うな。人にはそれぞれ事情ってもんがあるんだ。それでも来てくれるんだから、ありがたいお客様だろうが」

冷たく諌《いさ》めたが、朋哉は珍しく引かなかった。

「いつもどんな話してるんですか？」

「俺がそれを言うと思うのか？」

客との会話は絶対に漏らさない。どんな些細《ささい》なことでも。

「言いませんよねえ。わかってるんですけど、なーんか気になるんですよ、あの人」

「人の客の詮索をしてる暇があるなら、自分の顧客の情報を見直せ」

「はーい」

朋哉にはそう言ったが、詮索したくなる気持ちはわかる。

ここ半年ほど、毎月第三土曜日の三時に必ずやってくる常連さんで、いつも「匿名部屋」を指定する人がいる。

匿名部屋とは、顔を合わせずに話をしたいという人のために設《もう》けておいた個室のことなのだが、この部屋にリピーターは少なかった。初めてで試しにとか、話の内容で素性を明かしたくない時になど、イレギュラーに使われることが多い部屋なのだ。

磨《す》りガラス入りの壁で部屋の真ん中を仕切ってあるので、相手のことはシルエットしか見えない。半円のテーブルを磨りガラスを挟んで円になるように置き、自然に向き合って話ができるようになっている。明るめの懺悔《ざんげ》部屋、もしくは留置場の面会室の全面磨りガラスバージョンというところか。

そんな部屋に、帽子、サングラス、マスク着用という念の入った格好でやってくる。この格好を朋哉が知っていたら、ますます興味を持つだろう。

しかし、詮索するのはルール違反だ。どんな人にも気兼ねなく楽しい時間を過ごしてもらうために作った部屋なのだから。

三時ちょうどに匿名部屋のチャイムが鳴り、俺は朋哉の視線を背中に受けながら個室に入った。

「こんにちは、原田《ハラダ》さん。いつも時間に正確ですね」

磨りガラスの向こうの、ぼやけた人影に話しかける。匿名の部屋だが、男は最初に原田と名乗った。もちろん偽名だろう。

今日も上から下まで黒一色で完全防備。マスクだけが白く浮いている。このまま外を歩いていたら確実に不審者だ。職務質問は免《まぬが》れまい。

しかし、スタイルはとてもよかった。背が高くて肩幅も広く……そのシルエットを見ると嫌な記憶がよみがえって、ちょっと憂鬱《ゆううつ》になってしまうのだが、それはこちらの勝手な事情だ。

「いつも楽しみにしているので」

原田は言ったけど、楽しみというような浮かれた様子は微塵《みじん》も感じられなかった。マスクで籠《こ》もった声は、硬くて抑揚《よくよう》がなく、作った声という感じがする。これも似ているといえば似ているような気がするのだが……。

いや、似ていない。それはない。絶対にない。あいつがここに来るはずがない。

似てるなんて思っただけで、失礼な態度を取ってしまいかねないから、変な疑惑は頭からきっぱり切り捨てる。

「それはありがとうございます」

申し訳ない気分で、俺はスペシャルスマイルを浮かべた。見えないだろうけど。

目の前にいるのに表情がわからないのはもどかしい。物のやり取りのためにテーブルの上辺に沿って五センチほど隙間が空いているのだが、そこから伝わってくる空気感や、ぼんやり見える仕草で気持ちを推し量るしかなかった。

「お仕事、忙しいですか？」

この部屋では、話題のチョイスにも気を遣う。原田に関しては、すでに「特にタブーはない」と聞いているので幾分気は楽なのだが、詮索するような質問はやはり避けたかった。

仕事は客相手で、とても忙しく、歳は俺と同じくらい。そんな数少ないデータから、当たり障《さわ》りのない話題を選ぶ。

「そうですね。クライアントのわがままさに、時々殴りたくなることはありますけど、まあ順調です」

愚痴のようなものはこぼしてくれるが、具体的なことは言わない。重くなりすぎないところでブレーキをかけている感じ。こちらの負担にならないように気遣ってでもいるかのように。

「佐脇さんはどうですか？　お仕事、順調ですか？」

自分のことを話したくないからなのか、いつも俺のことを熱心に聞いてくる。なんでも聞きますよ、という姿勢は、本来こちらがとるべきなのだけれど。

「おかげ様で、なんとかやっていけてます。こういう商売は継続しなきゃ意味がないと思っているので。値上げとか言い出したら、いよいよ危ないんだなって思ってください」

明るく冗談めかして言う。

「値上げは構わないので、絶対潰さないでください」

懇願するように言われるのが意外だった。

「そう言ってくださる太っ腹なお客様ばっかりだと、うちも安泰《あんたい》なんですけどね」

原田がお金に困っていないらしいのは、話の端々から感じていた。フェイクなのかもしれないが、真相を追及する必要はない。言われたことはすべて信じるのが基本。どんなに嘘っぽく聞こえても否定しない。特にこの匿名の部屋では。

「佐脇さんの声を聞くとホッとするんです。この時間を失うのは、無一文になるより辛い」

磨りガラスとサングラスという二つの壁があるにもかかわらず、強い視線を感じた。顔の向きが変わらないからそう感じるだけなのかもしれないが、どうもそわそわしてしまう。

そのせいで、お世辞めいた言葉に礼を言うのも忘れてしまった。

「原田さんって、もてるでしょう？」

焦《あせ》って繰り出した質問は、実に下世話なものだった。

「もてませんよ。俺は……つまらない男ですから」

自嘲《じちょう》するような口調に、デリケートなところに踏み入ってしまったのを知る。しかし、露骨に話題を変えるのもよくない。

「そうなんですか？　そんな感じはしないんですけどね」

さりげなく終わらせようとしたのに、なぜか原田が乗ってきた。

「どんな感じがします？」

「うーん、誠実な感じはしますよ。あと、優しい人かなって」

いつも気遣われているような、そんな印象があった。しかし、それを聞いた原田は黙り込んでしまう。無難なことしか言っていないのだが。

「誠実……ではないですね、まったく。俺はかなりひどい奴ですよ。前科があるから、ここでも顔を見せられないんです」

いきなりの爆弾発言。前科なんて、さすがにこれはどう返せばいいのか。

「そう、なんですか……。でも今ここにこうしていらっしゃるということは、償《つぐな》ったということなんでしょう?」

まったくの手探り状態で問いかける。地雷は踏みたくない。

「償わせてもらえれば、ありがたいんですけどね。後悔を墓場まで抱えていくつもりです。それが、俺には一番の罰ですから」

今までどうでもいいような話しかしなかったくせに、いきなりディープすぎる。

前科がなんなのかわからないから、償えないというのがどういうことかもわからない。だけどその言い分に、なぜか俺はムッとしていた。どんな意見も否定しないのが基本だけど、素直に頷《うなず》けない言葉もある。

「それは……その罰は、ただの自己満足なんじゃないですか? 原田さんがひとりで後悔に浸っていても、相手もあなたも……誰も幸せになれない。もう償えないのなら、原田さんは原田さんの人生を、今度は誠実にやり直すべきだと、俺は思います」

強い口調になってしまった。いつも冷静でいるべきなのだが、ちょっとツボに入ると、すぐ熱くなってしまう。

相手の事情も知らないのに、それが自己満足かどうかなんて、俺が判断することじゃない。加害者が幸せになるのなんて望まない、ずっと苦しんでいればいいと思う人もいるはずだ。

でも、俺は……。俺はやっぱり原田をあいつと重ねていたのかもしれない。

俺を裏切って、今は遠い地で幸せな家庭を築いているはずの男。ひどく傷つけられて恨みもしたけれど、その顔が今後悔に沈んでいることを想像しても気分は晴れなかった。幸せそうな顔を見ればムカつくだろうが、そうでなければ俺がふられた意味がない。

あいつの幸せな顔を見れたなら、俺もきっぱり吹っ切って足を踏み出せるかもしれない。子供を「高い高い」なんてしている姿を見れば、負けるもんか！　と自分の幸せに積極的になれる気がする。

「……るらしいな……」

かすかに声が聞こえた。

「え？」

聞き取れなくて問い返したが、原田は言い直す代わりに質問を寄こした。

「佐脇さんは……、過去を取り戻せると思いますか」

「過去？　取り戻せるわけないですよ」

俺は考えるまでもなく即答した。それが取り戻せるなら、後悔なんて言葉はない。

「ですよね……。俺もそう思います。でも俺は、過去ばかり見て生きてきたんです。取り戻せないとわかっているのに、囚《とら》われて、こだわって……けりをつけてやっと前を向いたら、そこにはなにもなかった。それでまた、過去ばかり見てる。こんな情けない男が、もてるわけありません」

確かに、聞いている限りではかなり情けない。諦め切ったような声音にイラッとさせられる。このイラッとする感じも……なんだか懐かしいのだが。

「前を向いたらなにもないんじゃなくて、後悔に片目奪われてるから、見えるはずのものが見えないんじゃないですか？　それに、ないなら作ればいいんですよ」

なんだかもう言いたい放題だ。イラッとしたせいもあるけれど、どうにか前を見てほしいと思うから。

「作る、か……。こんなことをしてたんじゃ、ダメなんだろうな」

しかし原田のトーンは上がらず。独り言のようにつぶやくだけ。

こんなことというのは、ここで俺と話をしていること、なのだろうか。それはちょっと失礼だと思うのだが……。憤《いきどお》るより、負けん気が頭をもたげた。

「作りましょう。俺も、できる手伝いはしますから」

明るい声で言うと、しばしの沈黙の後にフッと吐息が聞こえた。誠意を鼻で笑われた気がして、ムッとする。

「原田さん、もしかして俺のことからかってます？」

「いや、そうじゃないけど……。佐脇さんこそ、もてるんじゃないですか？」

いきなり話を切り替えられて眉を寄せる。

「そんなわけないでしょ。俺は……友達タイプっていうんですかね。学生の頃はそれなりだったんですけど、結婚を意識する歳になると、もう全然。頼りないとか、ガキっぽいとか思われるみたいです」

告白されたことはけっこうある。学生時代には何人かと付き合ったが、ホストの時には、彼女は作らないと決めていたので、すべて断った。断れば客を失うとわかっていても、気を持たせるようなことはできなかった。

それでもひとりだけ……付き合った。のめり込んで、同棲までして、手ひどくふられて以来、すっかり人を愛することに臆病になってしまった。

「でも、誰にでも愛されるタイプでしょう?」

「嫌われちゃ困る商売だから、愛されるように頑張ってるんですよ、必死で。愛されキャラに見えるなら、それは俺の努力の賜物《たまもの》です」

冗談めかして言ったけど、努力しているのは事実だ。好かれるのと同じくらい、ウザいと敬遠されることも多かったから、できるだけ不快感を与えないよう、だけど八方美人にはならないように気をつけている。

「じゃあ、佐脇さんはかなりの努力家ですね」

言葉の裏に、そんなことはないだろう、という含みを感じる。天性のものと確信しているようだな。

「でも、愛想が悪いくらいの方が、人に信用してもらえるんじゃないかって思ったりもするんですよ。俺みたいなのは軽そうに見えるのか……いくら好かれたって、大事な話をしてもらえないんじゃ意味がないんです」

一番大事だった人に、大事なことを話してもらえなかったという苦い思い。ずっと心の奥に秘めていたものが、つい口からこぼれてしまった。

「大事な人だからこそ、話せないこともありますよ。傷つけたくなくて、迷惑をかけたくなくて――」

「そういうことこそ、俺は話してほしいんですけどね。やっぱ頼りないのかな。……すみません。なんか、俺が愚痴こぼしちゃって」

変な方向に進んでしまった話題を終わらせるべく、口調を明るく切り替えた。

「俺は好きですよ。……佐脇さんみたいな人」

フォローなのかなんなのか、いきなりそんなことを言われて焦る。いったいどんな顔をして言っているのだろう。

「え、あ、ありがとうございます。慰めてもらっちゃった」

おどけるしかなかった。好きという言葉に深い意味がないことはもちろんわかっている。なのにどうにも落ち着かない気分になるのは、やはりあいつを思い出してしまうからなのか。

あいつは好きだなんて、めったに言わなかったけれども。

「あなたと話してるとホッとします。佐脇さんの恋人が羨《うらや》ましいな」

「この距離感だからいいんですよ。俺の恋人になんてなったら、鬱陶しくて仕方ないですって、絶対」

「……いるんですか？」

そう訊くのは自然な流れかもしれないが、声のトーンがどこか不自然だった。

「いえ、今はいないですけど」

とりあえず正直に答えれば、「そうですか」と、ホッとしたような声が聞こえて眉を寄せる。

まさか、顔も合わせていない男に惚れられている、なんてことはないと思うのだが……。二次元に恋する人間だっているのだから、この状態でも恋はできるかもしれない。引きこもりのゲイ男子が、社会復帰への第一歩にここを選んだ……なんてことも、ないとも言い切れない。それなら人目を憚《はばか》る服装も、怪しげなのも理解できる。もしそうだとしたら、俺は協力すべきなのか……？　考え込んで、しばし沈黙してしまった。

「俺も恋人いないから、仲間だと思って」

俺の勘違いに気づいたのか、原田は慌てたようなフォローを入れてきた。

同胞《どうほう》意識。そう考える方が自然だった。惚れられているかもなんて、いったいどんな自意識過剰なのだか。

「彼女ができれば、未来になにか見えるかもしれませんね」

「そう、ですね……」

元気づけたつもりが暗い声が返ってきた。落ち込むポイントがわからない。

その時、「ホッホー」と気の抜けた鳥の鳴き声が割って入った。これは、あと五分という合図だ。次の予定は入っていないから、延長も可能だったが、原田はなにも訊かず早々に腰を上げた。

「じゃあまた。……来月は仕事が立て込んでるので、来られる日がわかったら連絡します」

これは初めてだった。いつもは「また来月、同じ時間に」と予約を入れるのが帰りの挨拶《あいさつ》のようになっていたのだけど。

なにか気に障るようなことを言ってしまったのか。それとも本当に忙しいだけなのか。

「……わかりました。お電話いただけるのを心待ちにしてます」

気になったが、俺に詮索する権利はない。客がそう言うなら従うだけ。立ち上がって、頭を下げた。

もしかしたら、もう来ないつもりなのかもしれない……。そう思うと、もう少しなにか話したいような気分になる。

その思いを察したわけでもないのだろうが、ガラスの向こうのシルエットも、こちらを向いたまましばらく動かなかった。また、強い視線を感じる。

「ぴかちゃん！」

そこに大きな声が飛び込んできて、そのままの勢いで抱きつかれた。

「み、みどりん……？」

「ちょっと来てー、大変なの」

みどりは俺に縋りついたまま、涙目で見上げてくる。そんな様子に驚きながら、ハッとしてガラスの向こうに目を向けた。まだ黒い影はそこにあった。

「——あ、ごめんなさい。ランプが消えてたから……すみません！」

俺の視線に気づいて、みどりは慌てて俺から離れ、ぼやけて見える黒い影に頭を下げた。

「いえ。もう帰るところでしたから」

原田は硬い声で言って、そのまま部屋を出て行った。

「ごめんね」

「もうしょうがないよ。俺が終了のボタンを押すのが早すぎたんだし。それより、どうした？みどりんがそんなに慌てるなんて珍しいじゃない」

「もうお手上げなのよー。女のヒステリーに女が立ち向かうと、火に油どころの騒ぎじゃなくなっちゃうんだから。責任者出てこーいと仰《おっしゃ》ってるので……ごめんね、よろしく」

「わかった。先に事情を聞かせてくれ」

その場でみどりに、ことの成り行きを聞く。

客が増えれば、クレームが増えるのは免《まぬが》れない。どんなに誠意を持って接しても、感じ方は人それぞれだから、それは仕方のないことだと思っている。

問題はその後の処理だ。クレームには言いがかりのようなものもあれば、ごもっともというようなものもあるのだけれど、今回はどうやら前者のようだ。聞いた限り、みどりに非があるようには思えない。が、客の言い分を聞かずに判断はできなかった。

部屋を出て、みどりの部屋の前でひとつ息をつき、ドアを開けた。

パイン材の明るい木目の部屋。中央にグリーンのギンガムチェックのクロスをかけた丸テーブルがあり、丸いフォルムの椅子が三脚取り囲んでいる。

そのひとつにピンク色のワンピースを着た三十代半ばくらいの女性が座っており、その正面は空席で、斜め前の椅子に朋哉が座っていた。俺を呼びに行く間の場繋ぎをしていたのだろう。

「じゃ、責任者が来ましたから。代わりますね」

朋哉が立った席にみどりが座り、俺は女性の前に座った。朋哉は部屋を出て行く。

「私は借金のこと、ここでしかしゃべってないのよ。絶対、しゃべってないんだから！」

いきなり大音量の甲高《かんだか》い声に噛みつかれた。上品そうな女性なのに、今は般若《はんにゃ》のごとき形相だ。

「はい。加藤《かとう》さんがそう仰るなら、そうなんでしょう」

俺は神妙な顔で頷いた。完全防音にしておいて、本当によかったと思いながら。

加藤さんの夫は、中堅のＩＴ企業の社長だ。会社の業績までは知らないが、この不況でどこも苦戦している中、彼女の頭の中だけは不況知らずだった。ブランドものの高いバッグや洋服などを買いまくり、旦那にカードを取り上げられても、借金をして買い続けていたらしい。

そのことを、ここでみどりに不満たらたら愚痴ったのが、先々週。夫に借金がばれたのが昨日。その場で離婚を言い渡されたらしい。

「だから、その女がしゃべったに決まってるのよ！」

血走った目でみどりを睨みつける。

「そうですか。でも、うちの従業員は、わざわざご主人に伝えに行くなんて、そんなことは絶対にしません。誰にも口外はいたしません」

客の言うことは否定しないのが基本だが、真実をねじ曲げてまで肯定はしない。

「じゃあ、じゃあどうしてばれたって言うの!?　私が言いがかりをつけてるとでも!?」

「いえ、そうじゃありません。別の可能性もあるんじゃないですか？　借金をした会社からご主人へ連絡が行ったとか。まずはご主人にお聞きになられてはどうでしょう」

努めて冷静な声で、ゆっくり話をする。

「ダメよ。あの人はもう私の言うことなんて、なんにも聞いてくれないんだから。それに私は、夫の会社のことなんて借金の時しゃべってないわ」

「しかし、信用調査というものがあって……」

そんな押し問答を繰り返す。少しでも疑う余地があるのであれば、みどりの方にも詳しく話を聞くが、今回はそれをする必要があるとも思えなかった。そんなことをして、みどりになんのメリットがあるというのか。

「だって、この人独身だって言ってたもの。私のこと、羨ましそうだったじゃない。後釜狙ってるのよ。この会社を訴えてやるんだから！」

離婚を言い渡されたショックに錯乱しているとしか思えなかった。みどりも辟易《へきえき》した顔をしている。

「わかりました。そういうことなら、私がご主人に電話して訊いてみましょう。電話番号を教えていただけますか？」

「嫌よ。そんなことしたら、私がここに来ていろいろしゃべってたの、ばれちゃうじゃない」

「裁判になれば、当然すべてばれると思いますが」

悔しそうに歯がみする顔を少しの間見つめ、俺は口を開いた。

「加藤さん、少し落ち着いて話をしましょう。ばれた原因が気になる気持ちはわかりますが、それよりこれからどうするかの方が大事です。ここには離婚で悩んでいる女性もたくさんいらっしゃいます。なにかお力になれることがあるかもしれません」

目を見てゆっくりと話しかける。微笑みかければ、加藤さんは泣きそうな顔になった。

「だって私、お買い物は、やめられないの。夫は仕事ばっかりで、かまってくれないし……」

寂しくて、店員にちやほやされるのが気持ちよくて、だけど買ったものを見せるような友達もいなくて、結局寂しさは埋まらないまま、買い物だけがやめられなくなった。

もう少し早くウチに来てくれればよかったのにと思う。ここは、そういう独りであがいている人のために興した会社なのだから。離婚問題なら弁護士へ。依存症なら病院へ。だけど、ただ寂しいだけの人はどこに行けばいいのか。

打ちひしがれている姿を見れば、力になってやりたいと思う。それは同情というより、同族意識のようなもの。どこにも寄る辺《べ》ない不安な気持ちが、俺にはよくわかるから。ここは寂しい人の相互扶助、協同組合みたいなものだ。

加藤さんは、きっとこの先さらに辛いことになるだろう。あくまでも憶測だが、これは離婚を有利に進めたい夫が謀《はか》ったのではないかと思うのだ。

妻の買い物依存症をわかっていて、わざとカードを取り上げ、借金を作るようにしむけた。そして借金が膨《ふく》れ上がった頃を見計らって身辺調査をする。離婚の理由が妻の浪費となれば、財産分与や慰謝料といったことを有利に進められる。

こういう面倒なことをするのは、きっと夫の方にも弱味があるからだ。一番可能性が高いのは、浮気だろう。

「わかります。忙しいからって週に二、三度しか帰ってこなくて、帰ってきてもほとんどしゃべってくれないなんて、専業主婦には辛いですよ。買い物だって、本当は叱ってほしかったんでしょう?」

みどりがしんみりと口を挟んだ。

「覚えてくれてるの、私の話」

「もちろんです。あの時私、バツイチだってお話ししましたよね。加藤さんのお子さんと同じ歳の子供がいるんだって話も」

「そう。そうだったわ。だから私、あなたが私を羨ましがって陥《おとしい》れようとしてるんじゃないかって、思って……」

「私、もう男は懲《こ》り懲《ご》りなんです。子供と二人で頑張るためにもこの仕事を続けたいから、絶対にお客様の話を口外することはありません」

みどりはきっぱりと言い切った。最悪この仕事を失っても看護師に戻るという選択肢がみどりにはある。だけどそれは、本当にどうしようもなくなった時だと言っていた。よほど看護師に戻りたくない事情があるらしい。そこは詳しく聞いていないが。

「私……離婚は嫌なの。困るの……」

今度はみどりに訴えはじめた。どうやら誤解は解けたらしい。

「そうですね。どうすればいいのか、これからのことを考えましょう。力になります」

それからは俺の出る幕はなかった。女二人は男の悪口合戦で盛り上がり、男代表としておとなしく非難されるだけ。

「もし別れることになっても、お金はできるだけいっぱいもらっておいた方がいいですからね。もちろん、別れずにすむならその方がいいし。とにかく私たちは、いつでもここで麻里《まり》さんをお待ちしていますから」

みどりの言葉に大きく頷いて、加藤さんはしっかりした足取りで帰っていった。見送って事務所に戻り、二人して大テーブルに突っ伏す。

「つ、疲れた……」

みどりがつぶやき、俺も頷く。

「お疲れ様でした」

朋哉がハーブティーを入れてきてくれた。さわやかな香りが周囲に漂う。

「悪かったな、朋。間を繋がせて」

ティーカップに口をつけながら朋哉に礼を言う。

「いいえ、俺は座って文句言われてただけだから。あれを収められたなんて、光琉さんはさすがですよ。俺、女のヒステリーだけはどうも苦手で……」

「ヒステリーってのは体力使うんだよ。対処法は、凶器になるような物のないところで根気強く話を聞くこと、だな」

冗談ともつかぬ解決策を提示してやる。

「えー。でもヒステリー状態の時って、火事場の馬鹿力みたいなの出しますよ、女性って。なんか取り憑《つ》かれてるみたいな。俺の体力が先に尽きるし……」

朋哉はぶちぶちと言って、それにみどりが乗っかって、話はどんどん盛り上がっていく。

それを横目に見ながら、とりあえず弁護士に話をしておくかとデスクに移動した。

一応ウチにも顧問弁護士がいる。安い顧問料しか払えていないが、親身になって相談にのってくれる、優秀な弁護士さんだ。かなり高齢だが、だからこそ当たりが柔らかくて、紹介したお客さんにも好評だった。最近あまり用がなくて話もしていなかったし、ご機嫌伺いも兼ねてと、軽い気持ちで電話をかけたのだが。

「え、本当!? ……ですか。あ、いや、もちろんお体が大事ですから、無理はなさらないでください。はい、こちらのことは気になさらず……」

みどりと朋哉が話をやめて、なにごとかとこちらを見ている。俺は正直、頭を抱えたい気分だった。

先日倒れて病院に運ばれ、心臓が弱っていると言われた。いい機会なので廃業しようと思っている、ということだった。

個人でやっている小さな弁護士事務所なので、他に弁護士はいない。老後の道楽みたいなもんだから……と格安で顧問を引き受けてくれていたのだ。しかし腕は確かで、頼りにしていた。

『僕の教え子の事務所を紹介してあげるから。大きなところだけど、同じ条件で引き継いでくれるように頼んでおいたよ。なに、ちょっと弱味を握っているものでね』

老先生は茶目っ気たっぷりに言った。

「ありがとうございます。お体大事にしてくださいね。今度、伺いますから」

電話を切ると、二人が心配そうに寄ってきた。かなり凹《へこ》んだ顔をしていたのだろう。事情を話すと、二人も暗い顔になった。

弁護士探しは本当に大変だったのだ。どんな依頼も受けてくれて、しかも腕の立つ弁護士なんてなかなかいない。大きなところだと案件ごとに専門が分かれていて、依頼の都度《つど》違う弁護士になるだろう。お客さんによく知らない弁護士を紹介するというのはあまり歓迎できないのだが。場合によっては、また弁護士探し行脚《あんぎゃ》に出なくてはならないかもしれない。

二年前の苦労を思い出して、重い溜め息が漏れた。

三

シルバーに輝くビジネスビルは、空に向かって威圧的にそびえ立っていた。大きくて頼もしいと思うべきなのかもしれないが、見上げれば溜め息が漏れる。老先生の事務所は、今にも崩れ落ちそうな二階建てのビルの中だった。あの心許なさが今は懐かしい。

『悪い奴じゃない。昔の恩を忘れずに私の頼みを聞いてくれるくらいだからね』と、老先生は元気づけてくれたけど、どうしたって気後れする。

しかし、俺がここで気後れしていてはいけない。ウチに来る客は、今まで誰にも相談できなかった……というような人が多い。自分の思いを巧く人に伝えられないような人が。

対して弁護士というのは話術に長《た》けていて、なんでも効率的に物事を進める人が多い。少なくとも俺が知っている弁護士は、なんだか冷たくて事務的と感じる人がほとんどだった。

でも、テレビで見ると正義感の熱血弁護士ばかりだし、老先生のような温かい人だって実際にいるわけだし、ビルが立派だからといって、絶望するのはまだ早い。

冷たく輝く大理石の階段を上がり、入り口の案内板に目を走らせる。ずらりと企業名が並び、目当ての法律事務所はビルの中程、十二階にあった。ワンフロアすべてを使っているようだ。

上へは当然、階段ではなくエレベーター。重い気分とは関係なく、軽やかに上昇していく。上品な音がして扉が開き、ホールの中央には大きな生け花が鎮座《ちんざ》していた。その向こうの受付カウンターでは、黒髪の美しい女性がにこやかに微笑んでいた。

にこやかさでは負けじと俺も微笑み、用件を告げる。

「はい、佐脇様。お待ちしておりました」

スーツ姿の女性はスマートな所作《しょさ》で奥へといざなってくれる。案内する姿を見る限り、社員教育は行き届いているようだ。

本当にここが同じ顧問料で受けてくれるのだろうか。いったいどんな弱味を握っていたら、そんな条件を受け入れてもらえるのだろう……。

広いフロアは部署ごとにパーティションで区切られていた。通路の両側に並ぶそれぞれのブースからは、忙しそうな気配が伝わってくる。通されたのは一番奥の所長室だった。

新人あたりに丸投げされるのではと思っていただけに、所長が応対してくれることに驚く。

「城田《しろた》先生には若い頃すごくお世話になりまして。くれぐれもと言われたものだから……」

仕方なく、という声が聞こえた気がしたが、対応は意外に丁寧だった。

歳はきっと四十代の後半くらい。きっちり整えられた髪も、隙のないスーツ姿も、お堅い仕事をしていますという感じだった。人当たりは悪くないが、プライドはかなり高そうだ。

互いに人と話をするのが仕事であるだけに、会話は滞《とどこお》りなく進む。時折、蔑《さげす》まれているような気分になることはあったが、めげずに言うべきことは全部言った。客のために。

やはり、案件ごとに弁護士は変わることになるらしい。それぞれに得意分野があるので、得意な人間に任せた方がいいと言われれば、拒否することもできない。

「細かいことをお願いしたり、無茶を言ったりもするかもしれませんが、お客様のために、どうぞよろしくお願いします」

俺は立ち上がって深々と頭を下げた。

「あなたは先生にすごく気に入られているみたいですね。あれでけっこう気難しい人なんですよ。今はだいぶまろやかな感じになられましたが……弁が立つのは相変わらずで。すっかり丸め込まれてしまいました。……でもまあ、受けたからにはちゃんとやりますよ」

プライドが高いというのは悪いことばかりではない。自分の仕事にプライドを持っていれば、手抜きして負けるのは許せないはずだ。

もう一度頭を下げて退室しようとした時、ドアがノックされた。

「どうぞ」

所長は入室を許可した。俺はドアの脇に避け、入れ違いに出て行こうと思っていたのだが。

「失礼します」

入ってきた男に会釈《えしゃく》しようとして、できなかった。顔を見る気はなかったのだが、その声を聞いた瞬間に勝手に目が行き、そのまま釘付けになってしまう。

キリリとした眉と高い鼻梁。少し不機嫌そうに引き結ばれた唇。前を向いた真っ黒な瞳は、出会った頃と同じように冷たい光を宿していた。

一瞬で、薄れかけていた記憶が鮮明によみがえる。

ダークグレイの落ち着いたスーツに、艶やかな黒のスーツが重なって、明るい昼の室内が、間接照明の灯る夜の店内にすり替わった。今自分がどこにいるのかもわからなくなって、呼吸すら忘れていた。

気配を感じたのか、所長を見ていた眼差《まなざ》しが、こちらへと向けられる。

目が合った瞬間に、その目は大きく見開かれ、ぎゅっと眉が寄った。

「るる……」

絞り出されたような声を耳にして、俺はハッと我に返った。

他の誰も呼ばない呼び名に、紛うことなき過去の男だとわかる。一気にいろんな想いが込み上げてきて、それが渦《うず》を巻いて溢れ出しそうになって、慌てて奥歯を嚙みしめた。

所長にもう一度頭を下げ、まだ呆然《ぼうぜん》としている男の脇を抜けて、ドアの外に飛び出した。

——なんでこんなところで……。なんであいつが？　なんで俺の前に？　こんな偶然、ありなのか？

早鐘を打つ心臓の音に急かされるように通路を抜ける。受付嬢への会釈もなおざりにエレベーターに取りつき、下へのボタンを何度も押した。ちらちらと背後を気にしながら、ボタンを押し続ける。

これじゃまるで悪いことをして逃げる人だ。悪いことをしたのも、逃げるべきなのもあいつの方なのに。追いかけてくるはずがないと思いながらも、怖くて仕方なかった。

来るのが怖いのか、来ないと知るのが怖いのか。いや、来てほしいのか、ほしくないのか——

自分がどっちを望んでいるのか知るのが一番怖かった。

エレベーターが到着し、乗り込んでホッと息をつく。

が、閉まりかけた扉をこじ開けるように大きな体が割り込んできた。その背後で受付嬢が目を丸くしているのが見えた。たぶん、この男のそんな姿を見たことがなかったのだろう。

いつも不遜なほどに落ち着き払っている男なのだ。長谷部《はせべ》悠介《ゆうすけ》という男は。少なくとも五年前まではそうだった。

扉が閉まり、狭い箱の中は密室になる。息苦しい。目の前で息を乱している男を、俺は得体の知れない珍獣でも見るように、距離をおいて見つめていた。

「るる……」

「その呼び方はやめろ」

速攻で切り捨てた。「光流」と書いて「ひかる」と読むのだと教えたら、流は余計じゃないかと言って、それだと「ひかるる」だと馬鹿にされた。

それから、二人でいる時だけ、俺を「るる」と呼ぶようになった。俺が嫌がるのを喜ぶように。人にあだ名をつけるような奴じゃなくて、あだ名で呼ぶような奴でもなくて。だからこそ、そう呼ばれるのは特別な気がしていた。

だけどもう、そんな甘い響きは必要ない。拒絶の言葉に傷ついたような顔になったけど……関係ない。

「ああ……悪い。……久しぶり、だな」

た。

「そうだな」

俺は素っ気なく答えた。まだ、笑顔は作れなかった。

悠介を見るのは五年ぶりだ。五年というのはけっこう長い年月だと思っていたが、そうでもないらしい。顔を見ただけで、あの日の痛みまで鮮明によみがえってきて、俺の顔から笑みを消した。

だけど悠介には、罪悪感も消えてしまうほどの年月だったのだろうか。

ビジネススーツに身を包んだ悠介は、俺が知っている悠介とは別人のようだった。こっちの方が似合っているから、俺の知っていた悠介がまやかしだったように思えてくる。

胸が苦しくなって、箱の中の空気がどんどん薄くなっているような気がした。

「所長に、なんの用だったんだ?」

悠介もどこか困ったように問いかけてくる。

「別に……仕事の話だ」

早く――早くこの密室から解放されたい。階数表示がいやに遅く感じられる。

耐えられないのはきっと、もう過去の人間だと教えられることだ。知る前に逃げ出したいけど、エレベーターはひどくゆっくりと下りていく。

話題はいくらでもあるはずだった。なぜおまえがここにいるのかとか、子供に高い高いはしてやったのかとか。だけど口が開かない。もう二度と会うこともないと思っていたから、会ったらどうするかなんて考えたこともなかった。

別れた恋人と会うのは誰だってバツが悪い。ひどい別れ方をした相手なら、なおのこと。それはきっと悠介だって同じはず。いや、バツの悪さなら悠介の方が上のはずだ。なぜ追いかけてきたのか。まさかもう一度謝ろうとか……。それとも久しぶりに友達と会ったような感覚なのか。本当、勘弁してほしい。

「光流、あのな……」

悠介がなにかを話そうとしたその時、エレベーターが一階に到着してドアが開いた。

「じゃあな」

俺は逃げるように箱を飛び出した。なにも聞きたくなかった。

大理石の廊下を走るような速度で歩く。まるで、背後の気配に怯えながら、夜道を急ぐ乙女のように。

後ろから腕を摑まれて、ビクッと反応してしまった。そんな自分が腹立たしくて、その腕を力任せに振り払う。

「なんだよっ」

大きな声が高い天井に響いた。ハッと周囲を見回したが、幸い人の姿はなかった。

近寄るなとばかりに睨みつけると、悠介はまたぎゅっと眉を寄せた。おまえが傷ついてんじゃねえよ、と思う。

「光流……その、ごめん……」

「なにを謝ってるんだ？」

今呼び止めたことに対してなのか、昔のことに対してなのか。どっちにしても謝罪なんて聞きたくなかった。

「いや、それは……」

どうやら悠介もかなり混乱しているらしい。ネクタイの結び目に指をかけ、直すような仕草をする。困った時によくやる癖。

変わっていないところを見つけて、少しだけ気持ちが落ち着いた。

「戻れよ、仕事中なんだろ」

「あ、ああ。……でもな、光流」

悠介の足が一歩前に出て、俺は自然と後ずさる。それを見て悠介は足を止め、また眉間に皺《しわ》を寄せた。それっきり動かない。悠介はなにかに雁字《がんじ》搦《がら》めになっているようで、だけど俺はそれを解いてやる気もなく、無言で身を翻《ひるがえ》した。

歩き出しても、悠介は追いかけてこなかった。頭が冷えれば、自分にその資格がないことくらい思い出せただろう。なにを言ったって、過去は変わらない。

あいつにつけられた傷なんて、もうとうにかさぶたになっていると思っていた。それが未だ生乾きだったと気づかされたことが悔しい。

平然と、その後元気？　彼女とは仲よくやってる？　なんてことを言いたかったのに。

「クソ……なんだってんだ……」

路上で足を止め、頭を掻きむしる。

五年だ。五年かかってやっと、暗くて深い穴の中から日の光が見えるところまで這い出してきたのだ。あんな出会い頭の一撃で、また突き落とされてたまるものか。冗談じゃない。

運命――なんて、言葉が脳裏をよぎって、ブンブンと首を振る。あんなのは、ただの通りすがり、偶然だ。もう会うこともない。

関係ない、考えるまいと思えば思うほど、意識はそこに集中する。

そもそも悠介はなぜあそこにいたのか？　弁護士になったのだと考えるのが妥当だろう。

そういえば、一緒に暮らしていた頃も、法律関係の本をよく読んでいた。趣味だと言っていたが、あの頃から弁護士を目指していたのかもしれない。

俺は鬱陶しいくらいにあいつに夢を語ったが、あいつは自分のことをまったく話してくれなかった。弁護士になりたい、くらいのこと、話してくれてもよかったと思うのだが……。俺はいったいあいつのなんだったのだろう。

一番話してほしかった人になにも話をしてもらえなかったという事実は、俺の中にあった自信を根こそぎ奪っていった。ふられて躍起《やっき》になって働いたおかげで、起業資金は予定より早く貯まったが、起業する覚悟はなかなか決まらなかった。

こんな俺に、人の話を聞く商売なんてやれるのか――？

いろんな人たちに励まされ、背中を押されて、不完全な自分だからこそできることもあるはずと、花荘カンパニーを起ち上げた。

俺の心には、子供の頃からずっと、寂しさがまとわりついていた。寂しそうな人を見ると放っておけないのは、自分が寂しがりだからだ。金を払ってでも寂しさを紛らわせたいと思ったことがあるからだ。

だけど、悠介と一緒に暮らしていた頃だけは、寂しさが薄れていた気がする。ずっと一緒だったら、もしかしたら違う仕事をしていたかもしれない。

良くも悪くも影響を受けた相手だけど、それももう過去のことだ。

関係ないと必死に言い聞かせなきゃいけないのは、胸の奥でうごめく想いがあるから。起き上がろうとするそれを押さえつけるように、アスファルトをしっかりと踏みしめて歩く。眉間に皺を寄せたまま、俺はビジネス街を後にした。

四

俺がホストクラブで働きはじめたのは、二十歳になって半年ほどが過ぎた頃のことだった。

子供の頃から、夢は？　と訊かれれば、社長になる！　と答えていた。無邪気に傲慢《ごうまん》に自分は人の上に立てる人間だと思っていた。だけど、九歳の時に両親を事故で亡くし、親戚の家を経て施設にたどり着いた頃には、すっかり無邪気さも傲慢さも俺の中から消え失せていた。

個室より大部屋が好きで、自由時間はいつも談話室にいた。誰彼構わず話をすることで、寂しさを埋めようとしていた。それでも社長になるという夢だけ持ち続けていたのは、無意識に幸せだった頃に戻りたいと思っていたからかもしれない。

十八歳で高校を卒業し、施設を出て独り暮らしをしながら、朝から深夜まで働いた。ギリギリまで寝る時間を削ったのは、生活費のためと起業の資金を貯めるため。朝はコンビニ、昼は力仕事。夜は居酒屋。酒が飲める歳になってからは、バーで働きはじめた。

働くことは少しも苦にならなかった。どんな会社にするか考えるだけでもわくわくして、方向性はなんとなく見えていたから、できるだけ人と関わる仕事を選んだ。

バーテンダーという仕事は、いろんな客と向き合えて、浅い話も深い話もできる。金と修業の一石二鳥。けっこう気に入っていた。続けるつもりだったのだが、そこでスカウトされたのだ。

ホストクラブで働いてみないか、と。

だけど俺の中にあるホストのイメージはすこぶる悪かった。女を食いものにして金を稼ぐ仕事だと思っていたから、即答で断った。しかし、男の話を聞いているうちに興味が湧いた。

男は、昔は悪かったのだと、自慢げにではなく自嘲気味に話した。ひとりの女性を不幸にしてしまい、それを悔いて自分にできる償いはないかと考え、新しいホストクラブを作ろうと思い立った。女性を楽しい気分にさせる、幸せにするホストクラブを作ろうと。

しかし、ホストになろうという男は、自分本位で金の亡者みたいな奴が多く、なかなかいいキャストが集まらない。だから、これはと思った人材には積極的に声をかけるようにしているのだと、男は言った。

それは、俺がやりたいと思っていることと、なにか通じるものがあるような気がした。

客単価が安めなので、破格の報酬というわけにはいかないが、努力次第ではかなり稼げると言われ、平均的な金額を聞いたら、今している他の仕事を全部まとめた分くらいの金額はあった。

会話で女性を楽しませてほしいと言われたら、断る理由はなかった。

ただひとつ、ネックとなることがあるとするなら、俺はスキンシップが苦手だということ。

サービスを提供し対価をもらうのがサービス業の基本。それはホストも同じだが、特異なところがあるとすれば、性的な癒しを求められることがあるということだろう。寝るとかそういう直接的なことでなくても、しな垂《だ》れかかられたり、肩を抱いたりというのは普通のことだ。

俺は昔から、人と話をするのは好きでも、性的なものが絡むと途端に苦手意識が湧いた。それがなぜなのかは自分でもよくわからなかった。

すでに童貞ではなく、女性が嫌いなわけでもない。スキンシップも会話の一部だと思ってみても、苦手意識が消えることはなかった。

だから俺は最初に、サービスは店の中でだけしかしないと宣言した。店外サービスは一切しない。その代わり店内では誠心誠意頑張る。オーナーには了承を得たが、同僚たちの視線は冷ややかだった。

ユウが入ってきたのは、それから三ヶ月が過ぎた頃だった。

その整った顔は、見た瞬間に「うわ、カッコイイなあ……」と素直に感嘆できるものだった。キリッと涼しい顔をした、文句なしの男前。見た目ランクは、確実に「特上」だ。当然のように女性たちの心を掻《か》っ攫《さら》っていった。

しかし、もったいないというか、残念というか……ユウは愛想の欠片もない男だった。

顔がいいからこそ、排他的な空気をまとわれると近付きづらい。なのにユウは客に対してさえ、愛想笑いのひとつもしなかった。いったいなんのためにここにいるのか……。

「金か？」

俺は解《げ》せなくて、ストレートに問いかけた。

昔から、周りから浮いている人間を放っておけないという困った性質がある。いわゆるお節介。喜ばれるか、鬱陶しがられるかは半々といったところ。

「なにが？」

冷たい目をしてユウは訊き返してきた。

「おまえはなんでここにいるのかと思って。ムスッとしてても俺なら儲かる、とか思ってるのか？」

そんな奴をオーナーが雇うとも思えないのだが。

「どうでもいいだろ、そんなこと。あんたに関係ないし」

とりつく島もありはしない。しかし俺は、こういう反応をされると、引き下がるより燃えてしまう。目の前でシャッターを下ろされたら、なんとしてでも開けてやろうという気になる。

「まったく関係ないわけでもないぞ。その辛気くさい顔は店の雰囲気を悪くするし、なにより俺の士気《しき》が下がる」

「は？」

「無理に笑えとは言わないが、その背負ってる真っ暗いオーラ、せめて店の中ではしまえ」

言えばユウは、一瞬ハッとしたような顔になった。なにかが心に響いたのかと期待したのだが、すぐに「うるせーよ」と切り捨てられた。

ユウの眼差しは深く冷たく、睨まれれば非もないのに謝ってしまいたくなるような威圧感があった。俺のお節介をもってしても、それはかなりの強敵だった。

外見重視の客はユウを指名し、会話を楽しみたい客は当然離れていく。

「せっかくの男前が泣いてるぜ。おまえなんか、ちょっと笑うだけで人を幸せな気分にさせられるのに。もっと有効に使えよ」

「へらへら笑って女こまして金儲けしろってか」

愉快な答えが返ってくるとは思っていなかったが、完全に馬鹿にした顔で嘲《あざけ》られてムッとする。

「俺たちは楽しい時間を提供してお金をもらってるんだ。お客さんに対してなんの努力もしないおまえに、俺たちを馬鹿にする権利はねえよ」

「努力しなくても、店の売上には貢献してる。おまえにも俺を説教する権利はない」

あっさりと言い返され、返す言葉に詰まる。話していれば頭の回転もいいらしいことはわかった。持っているものがすべて攻撃的に使われている。どれだけ宝の持ち腐れなのか。

もったいないと思って構い、鬱陶しがられているほど意地になって構う。

出勤するとまずユウの姿を探した。気がつくとユウを見ている。まるで恋しているかのようだ。

そして、たまにユウが遠い目をすることに気づいた。今にも消えてしまいそうに儚《はかな》げな、それはなにかひどく焦燥感《しょうそうかん》に駆られる表情だった。

「おまえさ、笑わない願掛けでもしてるのか？　それとも……笑えない事情がある、とか？」

「楽しくもないのに笑えるか」

こちらを見もせずに切り捨てられる。

「ばーか、楽しくないから笑うんだろ。笑ってたら、なんか楽しいことあるのかって、人が寄ってくる。そのうちなんか、楽しいこともやってくる」

「……馬鹿なのはそっちだろ」

ユウは眉を寄せて、不思議な生き物でも見るように俺を見た。ニッと笑ってみせれば、眉間の皺は深くなって、視線は逸らされる。

「おまえと俺じゃ価値観が違う」

「じゃあおまえの価値観を話してみろよ、聞いてやるから」

食い下がっても、ユウが答えてくれることはなかった。

ユウはたぶん、なにかすごく重いものを背負っている。わざと人を寄せつけないようにしている。独りであがいている姿が俺のお節介ツボのど真ん中で、どうしても放っておけなかった。

ユウの笑顔が見られたら、構うのをやめようと思っていた。それが見られたら、きっと客よりも俺が幸せになれるだろう。前途多難だが、それにワクワクしている俺は……鬱陶しいかもしれないと、少し思った。

「あいつは凝り固まっちゃってるんだよ……。ヒカルならほぐせるんじゃないかなあ」

オーナーが俺の横に寄ってきて、無愛想に接客しているユウを見ながら言った。

「なに言ってんすか。俺はマッサージ師じゃありませんよ」

「そうかー？　ヒカルは頑なな心をほぐす神の手を持ってるって噂だよ」

「どんな噂ですか。あ、俺もオーナーがユウをひいきしてるって噂なら聞いてますよ」

なんだか微妙なのだ、オーナーとユウの関係は。まったく話はしないのだが、意識し合っているのがわかる。オーナーはユウを見つめて、ユウは頑なにオーナーを見ない。やる気のないユウがここにいる理由は、オーナーにあるのかもしれない、と俺は疑っていた。昔捨てた子供とか……。オーナーは四十くらいだから、かなり若い時の子になってしまうけれど。

そんなオーナーの差し金か、日増しにユウのテーブルにつかされることが多くなっていった。

もちろん俺がヘルプだ。

「陽子《ようこ》さん、なんでこんな愛想のない奴、指名するの？　こいつと飲んでも楽しくないでしょ」

俺は冗談めかしてユウを指名する客に問いかけた。

「だってー、顔がすんごく好みなんだもん。それに最近は、ユウを指名するとヒカルがついてきてお得だし。犬猿なのか、仲がいいのかわかんない感じがすっごく楽しい」

「すっごく仲悪いから。間違いなく」

俺が断言すると、ユウも無言で頷いた。これでも、頷くようになっただけマシなのだ。どうやら俺の鬱陶しさに慣れてきたらしい。最近は、少し長いセンテンスで言い返してくるようになって、それが仲がよさそうなどと勘違いさせる原因だろう。

「ねえ、ユウ……今日は、どう？」

時間が深くなるほど、店内の空気は俺の苦手な色を帯びてくる。紫がかったピンク色。

「……また今度」

しな垂れかかった陽子さんをユウはあっさり退けた。色男はそんな素っ気ない断り方でも許される。俺は見ないふりで水割りを掻き混ぜていたのだが。

「あーん、またふられちゃったー。しょうがない。ヒカル、呑むわよ！」

なぜだか酒には俺が付き合わされるのだ。

閉店後、俺はソファに突っ伏していた。

「呑みすぎだ」

ユウはソファの前に立って、呆れたように言った。

「おまえのせいだろうよー」

「テキトーに流しときゃいいだろ。いちいち付き合ってんじゃねえよ」

「付き合うさ。俺は、店の中ではめいっぱい頑張るって決めてるんだ」

俺の指名客じゃないのだから、一生懸命やったからといって俺の成績には繋がらない。だけどテキトーに流すというのが俺にはできない。

「頼んでねえぞ、俺は」

「頼まれてねえよ」

誰に頼まれてやっていることでもない。ただの性分だ。

「ヒカルさん、大丈夫っすか?」

ユウよりも幾分高い声がして、顔を上げると目の前にクリスタルのグラスが差し出された。

「おー、サンキュー、ケンジ」

起き上がってグラスを受け取り、水を一気に飲み干した。

立っていたのは現在この店のナンバーワンの男。金色に染めた髪はガチガチに固められ、頬に突き刺さらんばかりに尖っている。白い顔はなかなかに整っていたが、目が小さいのが本人的には悩みの種らしい。

「マネキンのお守《も》りも大変ですよねえ」

ケンジは俺に言いながら、ユウに冷たい目を向ける。

マネキン……なるほど言い得て妙だ。

ケンジはユウのことを最初から目の敵《かたき》にしていた。顔だけ男、無気力野郎などと呼んでいたが、ついに人形にまで格下げされたらしい。

ユウはそんな挑発に乗ることはなく、まるで無表情にそこに立っていた。俺以外の人間とは、未だ一切交流がない。絡まれるのにうんざりしているようなのは伝わってくるけれど。

この愛想のなさでも、成績は今のところナンバーツー。なんの努力もしていない奴に地位を脅かされるのが理不尽でならない、というケンジの気持ちはわかる。ウチの店に明確な派閥《はばつ》というものはないのだが、ユウが目障りだというのが、今の一大派閥かもしれなかった。実際にユウは嫌がらせもされているようだったが、俺はそれに対して、阻害も荷担もしなかった。ユウにも問題がある。本人もそれをわかっていてやっているのだから、弊害《へいがい》も受け入れるべきだ。

「ヒカルさんもオーナーも、こいつを甘やかしすぎなんすよ」

「別に甘やかしてる気はないけど……お客さんには楽しんでほしいだろ」

俺の成績はだいたい三、四番目をうろうろといったところ。人の世話なんてしている場合じゃないのだが、俺は自然に目線が上からというか、経営者目線になってしまうところがあった。個よりも店全体に目が行ってしまう。

ケンジはチャラい外見だが体育会気質で、ひとつ歳上で先輩の俺を立ててくれる。女性の扱いも巧く、なにごとにもそつがない。しかし、時々熱くなりすぎて暴走するきらいがあった。

「ふーん。楽しんでほしいなら、店外デートくらいしてあげたらどうです？　ヒカルさんとしたいって客、けっこう多いんすよ。なんなら俺、教えましょうか？」

ケンジは俺の横に座って肩を抱き、意味ありげな視線を向けてきた。一瞬にして甘い雰囲気を醸し出してくるのは、さすがだ。

「教えるって、なにを教えてくれるんだ？」

俺はなんとなく体をかわしながら、平然とした顔を作って問い返す。

「なんでも教えますよ、ヒカルさんが俺のヘルプについてくれるなら……。業務的な女の抱き方を、実地でどうです？」

ケンジは俺に体を被せてきて、そのままソファの上に押し倒された。馬乗りに見下ろされ、冗談だとわかっているのだが、苦手意識が湧き上がる。

「ありがたいけど、それは間に合ってる」

平静を取り繕って言い返し、起き上がろうとしたのだが。

「そんな遠慮しないで……」

ククク と笑った息が首筋にかかってゾワッとした。反射的にケンジの胸を突き飛ばそうとしたが、手応えがある前に体が軽くなった。

「いい加減にしろ」

ケンジの襟首を摑んでいたのはユウだった。マネキンと揶揄《やゆ》されても無表情だった男が、今は不快感も露《あらわ》にケンジを睨みつけている。

「へえ、ユウさんって怒ることあるんだ？」

ケンジはユウの手を払い、馬鹿にしたように言った。

「レベルの低い嫌がらせは見るに堪《た》えない」

「別に嫌がらせじゃないし。レベルが低いのはあんただろ。ヒカルさんにおんぶに抱っこで指名増やして。やる気ないんならやめろよ。目障りなんだよ！」

マネージャーに聞いたことがある。俺がユウにつくようになって、不満を言ってくる奴が多いと。話の巧いヒカルがつくと、ユウの欠点が補われてしまう。そんなので指名を増やすのはずるい、ということらしい。

ケンジはユウを睨みつけ、言い返してこないことにまたイラついたようだが、それ以上は言わずに去っていった。ユウは……言い返せなかったのかもしれない。

「ま、あいつの言うことも一理あるよな。おまえだってわかってるんだろ？　ここにいるのはおまえの本意じゃないみたいだけど、そんな事情は俺たちにも客にも関係ねえし。中途半端な今のおまえは、格好悪いよ」

そう突きつけたら、ユウの視線が大きく泳いだ。ちょっとひどいことを言っているかもしれないと思ったが、言わなきゃならないと変な義務感が背中を押す。

「俺はおまえの本気が見たい。格好いいところ、見せてみろよ」

「……いいだろう。後悔するなよ」

ユウはそう言って背を向けた。すでに成績で負けている俺に、いったいなにを後悔することがあるというのか。意味はさっぱりわからなかったが、それは確かに実行された。

翌日からのユウは無敵だった。

最初に、俺にヘルプにつくなと言い放ち、接客のいろはを完璧に実践してみせる。客にきちんと向き合い、時に目を見つめ、じっと話を聞いて、そして――。

「わ、笑った……!?」

フロアにいた全員が、まるで幽霊でも見たように騒然となった。

笑ったといっても、ほんの少し口の端が上がった程度だ。それでも、笑顔と呼べる表情は初めてだった。女たちは赤くなり、男たちは青くなる。

そして俺は……少しばかり落胆していた。喜ぶ気持ちもあるのだけれど、あいつの笑みを引き出したのが自分でないことが不満だった。それどころか、おまえの力は借りないと言われ、いなくても問題ないと見せつけられ……落ち込んで、だんだんムカついてきた。

「いやあ、すっかり親離れしちゃったねえ」

オーナーが、人の神経を逆なでするような声をかけてくる。

「できるんなら、最初っからやれって言うんですよ」

ユウは涼しい顔で、女性の扱いも手馴れたものだった。助言なんかした自分が恥ずかしい。

「やる気を出させたのは、ヒカルだろ？　ありがとな」

「違いますよ、俺じゃない。俺は道化《どうけ》ですよ」

火を点《つ》けたのはケンジだ。今までの俺のお節介なんて、余計なお世話だったのだ。

フロアの隅にあるキャストの控えスペースに行くと、全員の目が接客しているユウに釘付けになっていた。俺の功績みたいに言われ、否定するたびに虚しくなる。

ユウがそこに上がってくると、盛り上がっていた場が途端に静かになって、一人二人といなくなり、ついには二人きりになった。

「おまえはいつも人の輪の真ん中にいるな」

珍しくユウの方から話しかけてくる。

「必死に餌《えさ》まいて、周りに集めてるんだよ。おまえと違って俺は寂しがり屋なんでな」

冗談を言ったつもりだったが、ユウはクスリとも笑わなかった。

「そうか……。おまえの笑顔の後ろにはなにかが見えると思ってたけど、寂しさか。それが人を引き寄せるんだな」

真顔で、じっと目を覗き込むように見つめられて、頬がカーッと熱くなった。

「なっ、馬鹿おまえ、寂しがりなんて冗談に決まってんだろ。流せよ。そして、そういう顔は客にしてやれ」

しどろもどろで格好悪いことこの上ない。

「客には、おまえに説教された通りにやっているつもりだが。できてるか?」

思わぬことを言われ、ほんのり嬉しくなってしまった。緩んでしまいそうになった口元を引きしめる。

「あれは説教じゃなくて教育だ。これでおまえがナンバーワンになれたら俺のおかげだよな」

「そうだな。お礼に飯でも奢《おご》ってやるよ」

そんな返しが来るとは思っていなくて驚いた。どうしちまったんだ、こいつは……。ユウの顔をマジマジと見れば、フッとその口の端が上がった。俺への初笑顔。それは客に向けたものより自然だった気がして、顔どころか体まで熱くなってきた。

「よ、よし、じゃあ焼肉な。おまえの金で死ぬほど食ってやるからな！」

なにを意識しているのだか、声まで上ずっている。恥ずかしすぎる。

「了解」

これがギャップというやつだろうか。ちょっと笑っただけ、素直になっただけでこの威力はずるすぎる。みっともなく鼓動が騒いで、落ち着けるのに苦労した。

プロの接客に徹した男前に、もはや敵はおらず、次の給料日、ユウは当然のようにナンバーワンを奪取した。

「今晩でいいか？」

俺の前にやってきたユウは、開口一番そう言った。

「は？」

「ナンバーワンになったら奢るって言っただろ」

「え、ああ。いいのか？」

「もちろん」

武器だな、と思う。こいつの笑顔は人が殺せる。少なくとも俺は何度も心臓が止まりそうになった。

客たちが、多少居心地の悪い思いをしても、金を払ってでも見たいと思っていた顔だ。それが笑みを浮かべるようになれば、もはや無敵。連日押しかけて散財する客の気持ちはよくわかる。

しかし、「結局顔か……」と、ぼやいたケンジの気持ちもよくわかる。

俺が給料日にいつも行く焼肉屋は、とても庶民的な店だ。店も、価格も。しかし味は確かだ。

「ここでいいのか？」

「ここがいいんだよ」

もっと高いものをたかられるとでも思っていたのか。ユウは不審そうに店の中を見回している。

「おまえ油断してるだろ。俺は死ぬほど食うからな。単価は安くても、いくらになるかわかんねえぞ」

「それは構わないけど」

「だよな。分厚かったもんなあ、おまえの給料袋」

現金支給の給料袋は、羊羹《ようかん》でも入っているのかという厚みだった。あれを見れば、誰だって心置きなくたかってやろうという気になる。

「お互い今月はよく頑張った。初ナンバーワンおめでとう。ちょっとムカつくけど、乾杯！」

ビールがやってきて、二人で祝杯をあげる。俺も今月は三位だったのだ。

「やる気になったら即ナンバーワンって、ホント嫌味だよな。ケンジも敵に塩送っちゃって……。でもあいつ、これで勝負できるって全然くじけてなかったし、気ぃ抜くなよ」

タン塩を焼きながら、俺はひとりでぺらぺらとしゃべる。ユウがぺらぺら答えてくれるとは期待していない。

「あいつには絶対負けない」

「お、いいな。ライバル宣言か？」

「違う。気に入らないんだ、あいつは。なにかっていうと、ヒカルさんヒカルさんって……」

煙の向こうから真っ直ぐな瞳が俺を見ていた。熱を感じさせる視線が意外だった。

「あいつは俺を立ててくれてるんだ。入ってきた時に俺が指導したから。すごいいい奴だぞ」

「わかってる。でも、俺の前であいつを褒《ほ》めるな。ムカつくから」

「……なんだ、そりゃ」

なんだかんだ言って、やっぱりライバル視しているのだろう。

「俺は、誰にどう思われようと構わないと思ってた。だけど、おまえに格好悪いって言われたのは、自分でも意外なほど堪《こた》えた。なあ、この一ヶ月の俺は……どうだった？」

クールな口調なのに、なんだか頭を撫でてほしがっている子犬のようだと思った。

「格好よかったよ」

言えばまたユウの顔に笑みが浮かんだ。嬉しそうな顔がなんだか可愛く思えて……困った。

まともにユウの顔を見られなくなって、肉にばかり視線を注ぐ。

「おまえ、自分の肉は自分で育てる派か？　焼いてほしいなら焼いてやるけど」

「焼いてくれ。おまえに任せる」

なぜだろう、場末《ばすえ》の焼肉屋なのに、とても甘い空気を感じるのは。

困惑が杯を重ねさせ、死ぬほど食べると宣言した通りにたらふく食べたら、酔いの方もかなり回っていた。

「ヒカル……家はどこだ？　タクシー呼んでやるから」

「ばーか、んなもったいない。いらねえよ。ここからなら、歩いて二十分ってとこだ」

「歩いてって……おまえかなり足元怪しいぞ。じゃあ……俺んちに、来るか？」

「おう、おまえんちにレッツゴー」

歩けないほど酔っていたわけじゃないけど、ユウのテリトリーに入れてもらえることが単純に嬉しかった。

「え、ここ？」

歩いてたどり着いたユウの家は、ごく一般的なアパートだった。二階建てで、どちらかといえば新しい方かな、という程度の物件。今までだってナンバーツーくらいにはなっていたのだ。稼ぎを考えれば、かなり質素な住まいだった。

「なに、おまえも金貯めてるクチ？」

「別に……住むところなんてどうでもよかったから」

ホストになる前から住んでいて、引っ越していないだけらしい。

「ま、うちよりはきれいだよ。家賃いくら？　――よし、うちの方が一万円安い～」

家賃の安さで勝ちほこる。六畳一間は適当に散らかっていて、ベッドに座らされた。

「ヒカルは、金を貯めたくてホストをしてるのか？」

ユウは冷蔵庫から水のペットボトルを取り出し、俺に差し出して横に座った。

「まあ、ホストは修業も兼ねてって感じだけど、金は貯めてる。夢のためにな」

ユウの方からなにかを訊いてきたのは初めてで、俺は少々浮かれて自分の夢について語った。

熱くてウザイと言われる話を、ユウは黙って聞いてくれた。

「なんていうか、おまえは……生きてるな」

話し疲れて眠くなった耳に、どこか羨ましそうな声が聞こえた。

「おまえは立ち止まってる感じだよな。今を見てないっていうか……。おまえも生きろよ。生き甲斐《がい》みたいの作って、それ追っかけてたら、なんでも楽しくなるぞ」

隣にあったユウの肩を抱き、ポンポンと叩く。そして体重を預けたまま、未来を少しずつ形にしていく楽しさを熱く語った。

それは本当に恋をしているように楽しいのだ。ユウにも知ってほしい。

「じゃあ……おまえをくれよ」

ボソッと聞こえた声を不審に思って横を見れば、真剣な眼差しに搦《から》め捕《と》られる。腰を抱き寄せられると、笑みのまま顔も体も固まった。

「俺だけじゃ無理だ、未来とか生き甲斐とか……そんなの全然見えない。でも、おまえと一緒なら……なあ、おまえを俺にくれよ」

ユウが目を細めて体ごと迫ってくる。熱が伝わってきて、なんだかリアルに喰われるような、そんな気分になってきた。

「おまえ、酔ってるのか？　ナンバーワンにだってなれたじゃないか。おまえはやろうと思えばできるんだよ」

気づけば苦手な空気の中にいた。だけどなぜだろう、酔いのせいなのか、強烈な拒否反応が湧いてこない。ユウが俺を欲しいと言う。それが不思議で、まるで現実味がないせいかもしれない。

「おまえがいたからだ。俺はナンバーワンが欲しかったんじゃない。格好悪いと言われたのが悔しくて、おまえに格好いいところを見せたかっただけ。未来なんてどうでもよかったけど、おまえが楽しそうな顔をするから……欲しくなった」

腕の中に抱き込まれて思考が停止する。

「おまえが欲しい」

熱い囁きに心臓だけがドクンと反応した。大きく打ってから、小刻みに走り出す。

俺の感情は……どれだ？　嫌、ではない。気持ち悪……いわけでもなく、少し嬉しい、かも。

間違いないのは、ものすごく困っているということ。

「でもな、あのな、ユウ……。こういうのは、ちょっと……俺、苦手で……ユウ？」

髪をまさぐられ、額に口づけられて、吐息の熱さがユウが酔っていることを教えてくれる。俺も酔っているから……だから強く逃げる気になれないのだろうか。

「面倒見るなら、最後まできっちり見ろよ……」

「でも、いきなりこれは飛びす――」

反論しようとした唇を奪われた。性急で濃厚な口づけに、心の中の迷いや困惑まで吸い上げられていく。そのまま押し倒されて、体の上を流れるように手が、指が這い回る。

平らな胸に違和感があるのか、ないのか。そこを執拗《しつよう》に撫でられる。

「ヒカル……」

吐息のような甘い声だった。こんな声が出せたのかと、俺はなぜかそんなことを呑気《のんき》に思う。いつも冷めていた黒い瞳が今は熱に潤んで、刺すように俺を見つめていた。

ユウが俺を見ている——それが嬉しくて。組み敷かれている不本意な状況すら呑み込んでしまいそうだった。服を脱がそうとする手首を摑んで、わずかに抵抗の意思表示をする。

「……ン、アッ……」

しかし、露になった胸の粒を嚙まれると、まるで耳馴染みのない声が自分の口をついて出た。それを聞いた途端に、心が抵抗の方に傾いた。だけどユウの動きも、声に反応して加速する。

「イヤ、だっ……ん、んんッ……」

体が反応し始めたら、形ばかりの抵抗なんてなんの意味もなくなった。力が抜けるのは、酔いのせいだと言い訳して、ユウの指を受け入れる。苦手意識も男のプライドも、快感にあっという間に呑み込まれていった。

でもそれも、気持ちいいだけの間のこと。ユウのものを後ろに受け入れさせられ、その痛みが、快感に酔っていた心を現実に引き戻す。

「い、痛い、……ユ……、あっ、もうヤ……イヤだっ……」

首を振って広い胸板を叩く。必死でのしかかる体を押し戻す。

「ごめん。でも――、止まらない。……ヒカル、ヒカル！」

「馬鹿、ヤロ……ッ」

抱きしめられて、しがみついた。押し戻す代わりにぎゅうっと引き寄せる。

「もっと、俺にしがみつけよ……。俺から離れるな……ヒカル……」

ユウの声は俺の鼓膜を震わせていたが、なにを言われているのかなんてわかってなかった。ただ痛みに耐えて、その胸に頭を擦りつけ続ける。

「ユウッ……あ、ああっ！」

どうやって終わったのか、まったく記憶になくて。ただユウの甘い声だけが胸の奥に残った。


目覚めるとユウの寝顔が目の前にあった。ベッドは男二人で寝るには狭く、密着してほぼ腕の中という状態。そっと腕を外して逃げ出そうとしたら、その腕が巻きついてきた。

「おま、起きて――」

「……離れるなって言っただろ」

引き戻されて、またすっぽり腕の中に包み込まれる。直接肌が触れ合って、今さら苦手意識が湧いてきた。体はガチガチで、顔を上げることもままならない。

「おまえはなにを言ってるんだ。おかしいだろ。……なんでいきなり、こんなこと……」

終わってから理由を求める俺もおかしいけれど。いろいろなものをすっ飛ばしすぎた。というか……流されたというのが正しいだろうか。

頭上でフッと息が吐き出された気配がして、なにを言われるのか身構える。

「なんでっていうか……。なんでだろうな。今も、抱きしめられてガチガチのおまえが、可愛く見えてしょうがないんだが」

ギョッとして思わず顔を上げれば、それを待っていたかのような上機嫌の笑顔がそこにあった。

「そ、そんなのは、勘違いだ」

「勘違い……かもな。おまえがしつこく構いすぎるのがいけないんだ。あんなに情熱的に構われたら普通、勘違いするぞ。俺に惚れてるのか？　なんか可愛いぞってな」

「勘違いだってわかってんじゃねぇか」

「勘違いは恋の入り口だ。招待されたから、入ってやったまで」

「招待なんてしてないし。……ふざけたこと言ってんじゃねぇ」

居心地の悪さマックスで、目の前の体を突き放そうとしたのだが、ユウの指が背中からうなじへと滑って、ゾクッと体が震えた。出そうになった声をすんでのところで呑み込んだ。

「その上、抱き心地までいいなんてな。男同士で体の相性までいいなんて、これはもう奇跡じゃないか。……俺ともっと打ち解けたいんだろう？」

本当にあの冷たい顔をしていた男と同一人物かというくらい、甘い溶けそうな顔をして、俺を誘う。こういう表情も似合うからタチが悪い。

「ユウ、だからそんなのは勘違――」

「悠介だ。俺の名前は長谷部悠介」

反論を遮られ、おまえは？　と目で問いかけてくる。完全にユウのペース。クールキャラはどこに行ったのか。顔はだらしなく緩んで、そのくせ男くさくて……エロくさい。

「佐脇、光流」

言わないと離してもらえなさそうなので、仕方なく答える。

「へえ、ヒカルは本名なのか。漢字一文字？」

「いや、光っていう字に流れるって書く」

「それだとミツルって読まないか？　ヒカルル？」

「うるさいな。ヒカルとも読むだろ、普通に。……もうこの手、離せよ」

遊ぶように腰のあたりを撫でられるたび、背筋がゾクゾクするのだ。身を捩《よじ》ってユウの腕から逃れ、体を起こす。

「るる……可愛いな」

「は？」

不可解な呟きに眉を顰《ひそ》めて振り返る。

「よし、今からおまえのこと、るるって呼ぶことにする」

「は、はああ!?　なんだよ、おまえそんなキャラだったのか？　あだ名って、しかもるるって、恥ずかしすぎるだろっ」

「そんなキャラじゃないが……るるってなんか似合ってるし。俺も呼ぶのは恥ずかしいが、おまえはもっと恥ずかしい。それがいい」

「嫌がらせかよ」

「羞恥プレイというやつだ」

「ふざっけんな！」

怒って立ち上がり、服を探して床を見回す。背後でベッドがミシッと音を立てたと思ったら、後ろから抱きしめられた。

「るる……一緒にいてくれ」

耳元に囁かれて、俺はなぜかイヤだと言うことができなかった。


流されたと言えなくもないけれど……半年後には一緒に暮らしはじめていた。ホストは仕事と割り切ることに決めたが、実際には濃厚にリンクしていた。

女の肩を抱くユウを見ては苛々し、それを隠して笑みを浮かべる。するとユウは、俺の笑みが崩れるまで客に甘い言葉を囁いた。そんな嫌がらせをしておきながら、夜になると俺が指名された数だけイかせようとするのだ。指名数なんておまえの方が断然多いと文句を言っても、俺は心がないからいいんだと開き直る。おまえは誠心誠意、なんだろ？　と、嫉妬《しっと》しているのか、いたぶる口実にしているだけなのかわからないことを言っては、強引に体を開かされた。

それは意外なほど甘くて幸せな日々だった。

男と付き合うことに抵抗がなかったわけじゃない。だけど、悠介の嬉しそうな顔を見るとなにも言えなくなって、悲しそうな顔をされると喜ばせたくなって……振り回されているうちに俺の方がはまっていた。

蜜月は約二年間続いたが、どんなに甘い月も、満ちればやがて欠けていく。わかっていたけれど、それは徐々にやってくるものだと思っていた。別れには気配があるはずで、それが感じ取れないほど鈍くはないと思っていた。だけどそれは、突然やってきた。

ありえないくらい情熱的に抱かれたのは、たった三日前。俺はまだ腰がだるくて、リビングのソファでうたた寝なんてしていたのに……。

「別れる……？」

好きな女ができたから別れてほしいという端的な言葉が、まったく理解できなかった。いや、理解することを脳が拒否した。笑顔のまま引きつった筋肉が、元に戻らない。

悠介が秘密主義だってことは知っていた。俺を受け入れても、心の奥にはまだ固く閉ざした扉がある。気づいていたけれど、いつか開いてくれるだろうと待っていた。

いや、拒まれるのが怖くて、扉に手をかけることができなかっただけかもしれない。

「おまえとはもう一緒にいられない」

「……本気で、言ってんのか？」

「俺がこんな冗談を言うと思うか？」

「思わないけど……。それってつまり、俺は二股をかけられてたってことか？」

最近、確かになにか様子はおかしかった。じっとこっちを見ていたかと思えば、不自然に目を逸らされ、先の予定については曖昧な返事しか返ってこなかった。こないだ抱かれた時のことも、思い返せばなにか迷いをぶつけているようでもあった。だけど、悠介の中に俺以外の人間が……女がいるなんて、ちっとも気づかなかった。

「まあ……そう、だな」

自分で思うより、俺は鈍かったようだ。自惚《うぬぼ》れて、幸せな勘違いの中で、現実を見逃した。だけど悠介の様子もなにか腑《ふ》に落ちない。歯切れが悪いし、目も合わせようとしなくて、納得できずに追求する。

「なあ、本当にそれが理由か？　おまえ、俺になにか隠してるだろ。ずっと開かずの扉をこじ開ければなにかが変わる気がして、切り込んだ。

「俺から口説いておいて、他に好きな女ができたなんて、隠すしかないだろ」

悠介はうつむき加減で自嘲するような笑みを浮かべる。目を合わせないのは、本当のことを隠しているからではなく、ただ疚《やま》しいから？

「別れる奴に、教える必要はないよな……」

冥土《めいど》の土産に教えてやろうみたいな展開は望めそうにもない。もう悠介に必要ない人間になったのだ、俺は……。

心に鋭い刃を突き立てられたような、ヒリッとした痛みを覚える。

「俺はイヤだ」

言えば悠介が驚いた顔をした。自分でも、自分がそんなことを言うとは思いもしなかった。ごねたってもうどうにもならないとわかっている。悠介が自分の言葉を撤回しない奴だって、俺はよく知っているから。

「るる……。でも、でもごめん。もう一緒にはいられない」

「なに勝手なこと言ってんだよ……離れんなって言ったのはおまえだろ！　てめえの都合ばっかり押しつけやがって。俺だって、おまえのことが好きで、ずっと一緒にいたいと思ってここにいたんだ。おまえがもう嫌だって言ったって、俺はっ――」

どうしようもなく胸が苦しかった。もうダメだってわかっているけど、冗談だと言って抱きしめてくれないかと、心の底で願っていた。

でも悠介はうつむいて、拳を握りしめたまま微動だにしない。

「……俺を抱きながら、女がいいなあとか思ってたのか。……どうやっても、俺は男だしな」

女には勝てない。そんなことは最初からわかっていた。

「違う！　俺はおまえが本当に好き――だった。おまえはなにも悪くないし、おまえを抱く時に他の女のことなんて一度も――」

悠介は目が合った瞬間に言葉を呑み込んだ。すぐに目は逸らされ、歯を食いしばるように固く閉ざされた悠介の口からは、それっきりなんの言葉も出てこなかった。

俺の目はきっと真っ赤になっているだろう。悠介の拳はきつく握りすぎて真っ白になっていて、悠介だって平気じゃないのだとわかる。二年は長いとは言えないけれど、浅い付き合いではなかった。分かちがたい情くらいあると思いたい。

「相手、誰だよ。教えろよ」

我ながら、しつこい。でも、しっくりこないのだ、悠介の言い分が。もう終わりなのだとしても、本当の会話がしたかった。嘘で終わらされたくなかった。俺が知らない人でもいいからとにかく相手を教えろと迫ると、悠介はひとつ大きく息を吐いて、口を開いた。

「陽子さんだよ。覚えてるだろ」

思いがけない名前が出てきて、俺は眉を寄せる。

陽子さんはホストクラブの常連客で、悠介に本気で惚れていた。すごい美人なのにとても気さくな人で、いくら口説いても悠介がなびいてくれないと、俺は何度も愚痴を聞かされた。自分が付き合っているとは言えなくて、申し訳ない気分になったものだったが。最近は姿を見ていない気がする。

「彼女、田舎に帰ったんだ。親父さんの看病とかで。いざいなくなったら寂しくなったっていうか……気づいたんだよ。実は惚れてたんだって。だから俺も、行こうと思って。山形」

「山形？」

「そう。心機一転。堅気《かたぎ》の仕事に就いて、家庭を持つっていう……未来を見つけたんだよ」

そんなことを言われたら、俺になにが言えるというのか。

家庭なんてそんなもの、俺には作ってやれない。子供は無理だし、両親も兄弟もいない。それは悠介も同じだ。温かで賑《にぎ》やかな家庭に憧れる気持ちは、俺にもある。

それでも俺は、悠介がいればいいと思っていた。他のなにを犠牲にしても、悠介がいるならそれでいいと思っていたけれど、悠介はそうじゃなかった。

俺が見せるより、ずっと立派な未来を、自力で見つけたのだ。

「そりゃ……俺なんかもう必要ないな。……本当に……これで終わり、か？」

伏せられた顔をじっと見つめながら問いかける。最後にもう一度だけ、俺を見ろと念じながら。

「ああ。……すまん」

届かない。もう、なにも——。こちらを見ようとしない悠介を見て、思い知る。

もう俺には関心もないのか。見る価値もないというのか。込み上げた怒りを虚しさが冷やし、空虚な心には悲しみが広がる。ほんの数時間前には絶対だと信じていたものが、今はどこにもない。自分の馬鹿さ加減に涙がこぼれそうになって、それが堰《せき》を切る前に、俺は部屋を飛び出した。

「——るる！」

悲痛な声に聞こえた。だけど追いかけてはこない。本当に終わりなのだ。

心を抉《えぐ》り取られたような痛みに、涙がやっとこぼれ落ちた。

「痛ぇ……」

胸を押さえる。

こんな致命傷みたいな傷が、自然治癒するものなのだろうか。出血多量で死ねれば本望だ……なんて、今まで考えたこともない後ろ向きなことを思う。

でも、実際に流れるのは血じゃなくて涙だけ。それが涸《か》れても人間は死なない。だから心置きなく泣く。心が空っぽになるまで。

二度と甘い言葉になんか騙されない。そもそも男なんか好きになったのが間違いだった。薄情で、自分勝手な男。でも大好きだった……大好きだ。

すべての感情が疲れに負けてしまうまで、俺は町の中をずっと歩き続けた。

五

法律事務所を後にして、俺は駅三つ分を歩いて事務所に帰り着いた。珍しく事務所には誰もいなくて、個室が使用中であることを示すランプが二つ点いていた。

人目がないことにホッとしたけど、誰かいてくれた方が気を張っていられたのに、とも思う。ひとりだと思考が逸らせない。久しぶりに見た悠介の顔がちらつくのを消す術《すべ》がない。

大きなテーブルの上にバッグを置いて、椅子を引いて座り込む。

びっくりした。本当にびっくりした。顔を見ただけで、あんなに一気にいろんなものがよみがえってくるなんて……。

でも、悠介の雰囲気は五年前とはだいぶ違っていた。なんというか……堅気の男だった。オフィスで普通のビジネスーツを着ていたせいかもしれないが、いつも悠介にまとわりついていた、暗く重苦しい空気が薄くなって、とても普通だった気がする。

「そうだよ。普通だったよ。あんなのどこにでもいる男じゃないか。あの頃はなんか、フィルターかかってたんだよな。全然、たいしたこと……ねえし」

テーブルに額をつけて、ブツブツと独りごちる。

普通の悠介になんて用はない。昔はあんまり暗くて思いつめた顔をしていたから、世話を焼かなきゃいけないという使命感が働いていたのだ。きっと。でなければ、男となんか——。

「光流さん？」

急に背後から声がして、ビクッと顔を上げた。

「え、あ、朋か。終わったのか？」

真後ろのドアから出てきたのに、まったく気づかなかった。独り言を聞かれていたのか気になったが、あえてそこは訊かなかった。逆に突っ込まれても困る。

仕事場で気を抜いていたことを反省し、背筋を伸ばした。

「終わりましたよ。光流さんはどうでした？」

「え、なにが？」

思わず訊き返してしまった。

「なにって、弁護士のところ、行ってきたんでしょ？　……なんかありました？」

「あ、ああ、弁護士な。なにもないよ、なにもない。いい感じだったから大丈夫」

心の中を占める割合が、弁護士よりも圧倒的に悠介だったから、どうと訊かれて悠介の顔しか思い浮かばなかった。

「でも、大きいところなんでしょ？」

「そう。すごく立派だった。高層ビルだし、オフィスは機能的でスタイリッシュ、みたいな感じで、エリートの巣窟《そうくつ》だよ。場違いで居心地悪くて、もう行きたくない」

本当に、二度と行きたくない。

「ふーん。それでもちゃんとやってくれそうなんですか？」

「仕事の方はきっちりしてそうだった。老先生って、なんかすごい人だったみたいだぞ。顧問料もそのままでいいって」

「へえー。よかったですね」

「うん、助かる」

あんな金額で請け負ってくれるところはまずないから、法律事務所は変えられない。

「でも、やっぱり誰か専属ってわけにはいかなくて、案件ごとに弁護士は変わるらしい」

「そうですか」

いったい悠介はなんの専門なのか。訊いておけばよかったと後悔する。いや、弁護士だと決まったわけでもないのだが。できれば関わり合いになりたくない。

自分本位なことを考えている自分に気づいてハッとする。お客様第一はどこに行ったのか。

「光流さん、今夜空いてます？　呑みに行きましょう」

こっちをじっと見ていた朋哉がそう声をかけてきた。

「え、ああ、いいけど」

朋哉と呑みに行くのはよくあることなので、軽い気持ちで誘いに乗った。正直、独りになりたくなかった。馬鹿みたいなことをウダウダと考えてしまうに違いないから。酒を呑んで寝てしまうのがいいかもしれない。

終業後、朋哉と一緒に事務所を出る。俺は濃紺のジャケットにジーンズ、朋哉は薄いストライブの入った黒のジャケットに黒のパンツという、仕事中の基本的な服装のまま。

いつも行く庶民的な居酒屋で、いつものようにカウンターに並んで座る。でも、いつもはまず食べ物を腹に入れるのに、今日は最初からがんがん酒を入れた。

「光流さん、やっぱなんかあったでしょ？」

そんな俺を見て、朋哉が問いかけてくる。

「なにかって、なにが？」

「弁護士のところから帰ってきてから、光流さんなんか変ですよ」

「うーん……。疲れたんだよ。久しぶりに堅苦しいところに行って、気ぃ遣ったから」

「それだけ？」

「それだけ。エリートオーラにあてられて、ちょっとした劣等感に苛《さいな》まれたわけだ。俺はこれでもけっこう繊細なんだよ」

冗談めかした答えで逃げる。

「ああそうですね、鋼《はがね》の繊細さってやつですよね」

朋哉が冗談で応じてくれたことにホッとした。

逃げ場を塞いでしまわない。それは客相手でも友人相手でも同じ、思いやりの話術。今は追いつめないでくれるのがとてもありがたかった。

独りでは悪酔いしそうだったから誘いに応じたのだけど、腹に言えないなにかを抱えている時は独りで家呑みの方がよかったようだ。自重《じちょう》するがすでに遅し。最初の呑み方が悪かったせいで、悪酔い方向へ一直線。一軒目を出る時には、二軒目に行こー！　などとすっかりできあがっていた。

「光流さん、大丈夫ですか？」

「うん、全然平気。酔ってないよ」

心配そうな顔に笑みを返せば、朋哉の顔はさらに心配そうになった。

「光流さん……お持ち帰りされちゃいますよー」

朋哉のつぶやきは鼓膜の表面をかすめただけ。酒に呑まれてしまいたい気持ちが勝って、眠りの中に逃げ込むことに成功した。

でも、逃げていいことなんてあるわけない。思惑通りに思考は停止したけれど、逃げ込んだ夢の中は安寧《あんねい》の場所ではなかった。


『厄除けだって。悠介おまえ、払われちまうんじゃねえの？』

鹿の角を細工したストラップは、厄除けのお守りになるのだと、民芸品店のおばさんは言った。

『ストラップくらいで払われる厄じゃないよ、俺は。でもおまえはいろいろ変なの引き寄せそうだから、持ってろ』

『おまえもな』

そんなことを言って、互いのものを買って渡した。厄除けの効果は、あったのか、なかったのか――。

それは最初で最後の二人きりの旅行で、ストラップは最初で最後のプレゼントになった。

その時の幸せだった気分までよみがえる、嫌になるくらい鮮明な夢。しかし、目が覚めればそれは悪夢でしかなかった。思いがけぬ再会に海馬《かいば》が刺激されたのか。忘れたいことばかり思い出す。

夢の中で感情をグラグラにされ、覚醒すれば二日酔いで頭がグラグラで。気分は最悪だった。

それもこれも全部あいつのせいだ——。

呪詛《じゅそ》に眉を寄せながら目を開けると、見覚えのない天井があった。横に気配を感じて目を向ければ、よく知っている顔がある。

「おはようございます、光流さん」

朋哉はさわやかに微笑む。

「……お、はよう」

呆然と応えて、昨夜のことを思い出す。居酒屋で飲んで、バーで飲んで、それから……記憶に霞《かすみ》がかかり、真っ暗になって消えた。ここに来たいきさつを一ミリも思い出せない。

「申し訳ない。俺はなにか……ご迷惑おかけしましたでしょうか」

頭痛を堪《こら》え、上体を起こして朋哉に問いかける。ジャケットは脱いだのか、脱がしてもらったのか。その他の服は身につけていたけれど、ここに寝ている時点で、迷惑をかけていないわけがなかった。酔い潰れた男を持ち帰るのはそれだけで重労働だ。

「別に持ち帰る分には迷惑じゃなかったんですけどね……」

朋哉は言葉に含みを持たせる。これはどうやらなにかやってしまったらしい。俺はベッドの上に正座した。

「遠慮なく、全部言ってくれ。ゲロったか、暴れたか……なんか実害を出したか？」

謝罪ですむのか、弁償なのか。覚悟を決めて神妙な顔で訊ねる。

朋哉は迷惑をかけられても笑顔で流してくれそうだから、よけいに申し訳ない。俺としては、上下関係をもっとフラットにしてもらっていいのだが、最近の朋哉は変な方向にくだけようとするから、上下関係を盾に取ってみたりもする。しかし今は平身低頭《へいしんていとう》。

「寝ただけですよ。光流さんがしたことは」

「そ、そうか。でも、重かっただろ？　悪かったな」

幾分ホッとして謝ったが、朋哉はまだなにか引っかかっているような顔をしている。

「本当は、なんかやったんじゃないのか、俺」

遠慮するなともう一度詰め寄ったら、朋哉は溜め息混じりに爆弾を投下した。

「ユウスケって……ユウさんのことですか？」

思いがけぬ名前を耳にして、サッと血の気が引いた。

――なぜ朋哉が……？　どうして今……。

混乱しつつ、朋哉がホストクラブに入ってきた時、まだ悠介がいたことを思い出す。朋哉が知っているのは、すでに不動のナンバーワンだったユウ。俺の恋人だったことも、本名が悠介であることも知らないはずだ。そしてなにより問題なのは、朋哉がなぜ今、ユウスケなんて名前を持

まったのではと、恐る恐る問いかける。

「俺、なにか……言ったか？」

寝言を言ったのか、酔っぱらってなにかをぶちまけたのか。悠介に対する想いをしゃべってしまったのではと、恐る恐る問いかける。

答えを聞くのは怖いが、放置はできない。失敗から目を逸らすほど事態は悪化していくと、長いともいえない人生でそれは学習済みだ。真摯《しんし》に向き合えば、傷は最小で済む。しかし今回は、最小でもかなり深そうな気がした。

「寝ぼけてしがみついてくる光流さんは可愛かったけど、違う男の名前呼ばれたのはショックでした」

さ、最悪だ――。なにをしているんだ。昨夜の自分を切実にぶっ飛ばしたい。

朋哉と悠介は、顔も性格もまったく似ていないのだが、背格好が似ているのだ。不意に背後に立たれてドキッとすることは、たまにあった。

正体をなくして、朋哉に抱きついてしまったのか。それも、悠介だと勘違いして……。迂闊《うかつ》にも程がある。

「す……すまん」

頭を下げる以外の対処を思いつけなかった。下げた頭がすごく重くて、上げられない。

「へえ……。否定しないってことは、そういう関係だったってことですか」

言われてやっと、認めないとか、否定するという選択肢があったことに気づいた。聞き間違いで押し通せばよかったのだ。昔飼ってた犬の名前だとか、無難な言い訳があったはずなのに。

「付き合ってたんだ、ユウさんと。すごく仲がいいなとは思ってたんですよね。目と目で通じ合うっていうか、俺何回かユウさんに睨まれたことあったし。光流さんがユウスケって呼ぶのを聞いたこともあった。だからピンと来たんです」

なるほどそういうことかと納得はしたけれど、付き合っていたと認めてもいいものか。

しかしもう今さらだろう。とうに終わったことなのだし……。

「付き合ってたことはあった。もうずいぶん前に別れたけど。なんか……変な夢を見たんだろうな」

過去は正直に告げ、現在についてはしらばっくれた。

「まだ未練がある、とか？」

「ないよ、ひと欠片も。久しぶりに酔い潰れたから、脳がホストの頃のテンションに戻ったのかもな」

「本当に未練はない？」

「ないって」

朋哉は上半身裸で片膝を立て、疑うような眼差しを向けてくる。その前で正座して項垂《うなだ》れている俺というのは、客観的に見たら恋人に不貞を責められている図、だろうか。男だけど。

「光流さん……」

朋哉が顔を寄せてくる。

「それって、男もいけるってことですよね？　ってことは、俺にも望みがあるってこと、ですよね？」

やっぱり自分を殴りたい。よりにもよって……なんで朋哉の前で醜態《しゅうたい》を晒したのか。

「いや、ないから。別に男が好きなわけじゃないんだ。あれはイレギュラーっていうか……」

「ユウさんが特別だったってこと？」

目を逸らした俺の目線を、朋哉は無理やり捕まえるようにして訊いてくる。

「まあ……そういうことになるな」

その前もそれからも、男に恋心を抱いたことはない。だから特別ということになるのだろう。

「でも可能性が見えました。絶対無理だと思ってたから、アプローチも控えめにしてましたけど。ほんの少しでも可能性があるなら、賭《か》けます」

真っ直ぐに見つめてくる瞳の形が、温度が、光が、あいつとは違う。熱く見つめられても、心はなにも反応しない。

「賭けるな。悪いけど、おまえをそういうふうには見られない。無駄だ」

「諦めませんよ、俺。時には無駄も必要だって、光流さんよく言うじゃないですか」

「それとこれとは……。本当に無理なんだよ。ごめんな」

恋心というのは、たとえその相手に消せと言われても、簡単に消せるものじゃない。それは俺もよく知っている。だけど、盛り上がる方向に行ってもらっては困るのだ。鎮火《ちんか》させる方向に行ってもらわないと。

「大丈夫、結果的に無駄だったとしても、光流さんを責めたりはしませんから」

朋哉はいい男だ。優しくて真摯で明るくて……あいつとは本当に正反対と言っていいくらいの好青年。理不尽に恋人を捨てたりなんてしないだろう。だけど……。

「本当、ごめん」

いろんなことに対してもう一度頭を下げ、ジャケットを手に取って朋哉の部屋を出た。まだ時間的には朝。それでも二日酔いの目には太陽が眩《まぶ》しい。

本当は、男だとか女だとか言う前に、俺はまだ恋愛をするのが怖いのだ——そんなことに気づいてしまった。ブレーキをかけるのが癖になっている。それを言ったら朋哉がまた望みを持ってしまいそうだが、どう考えても朋哉はない。

もう朋哉とも長い付き合いで、好きか嫌いかと問われれば、大好きだと答えられる。だけど、この好きとあの好きではまったく種類が違うのだ。朋哉にドキッとするのは、悠介と被った時だけ。そんな傷つけ方は絶対にしたくない。

やっぱり酒に逃げたのは間違いだった。逃げるとろくなことにならない。二日酔いの頭痛が罰のように思える。

すみません、ごめんなさい、俺が悪かったです……謝罪の言葉を呪文のように唱えながら、明るい道を下を向いて歩いた。

六

花荘カンパニーの従業員は四人。二十代の俺と朋哉、三十代のみどり、四十代の朱乃、五十代の青柳と、個性豊かな面々が揃っている。だけどずっと、二十代前半の若い子が欲しいと思っていた。募集はかけていたけど、なかなかいい人材が見つからなかった。誰でもいいというわけにはいかない仕事だから。

やっと見つけたのが二十三歳の男の子。成人している男を捕まえて、男の子もないもんだと思うが、そう言いたくなる雰囲気が香希《こうき》にはあった。

「社長の佐脇光流です。今日から改めてよろしく」

「あ、こちらこそよろしくお願いします。石野《いしの》香希です」

白い肌にピンクのほっぺ、くりっとした目とちょっと拗《す》ねたような唇。ピンクのワイシャツもタータンチェックのネクタイも、そのあどけない顔によく似合っていた。これぞまさに七五三という感じだ。本当は女の子が欲しかったが、香希なら男だと構えてしまうこともないだろうと判断した。

見た目頼りなくて大丈夫かなとも思うのだが、愛玩動物のような癒し効果があって、話していると笑顔になる。ちょっと抜けたところも愛嬌《あいきょう》で流せる程度。受け答えはしっかりしているし、なにより人の話をよく聞いた。

挨拶を交わし、大きなテーブルの角を挟むようにして座る。他のスタッフは出払っていた。

「研修、どうだった？」

「あ、勉強になりました。でも、俺でやっていけるのかって、ちょっと不安にもなりましたけど……」

入社したらまず、懇意にしている心理学の先生のところに研修に行かせることにしている。一週間ほどでは専門的なことを学ぶには足りない。基本的な心構えをしてもらうのが目的だ。

「大丈夫。あそこで教わったことは、基礎知識として覚えていてくれればいいから。香希は普段のようにお客さんと楽しく話をしてくれればいい。ホストの頃とそんなに変わらないよ。酒っていう逃げ場がないから、間がもたないことはあるかもしれないけど」

「あ、僕お酒は好きじゃなかったから、ない方が嬉しいです。それに、人の話を聞くの好きだし。いろんな人とお話しできるのは楽しみです」

まずは人の話を否定せずに聞くこと。時にちょっと突っ込んで聞き出し、でも決して無理強いはしない。

「うん、それでいい。どうしても困ったら、俺か他の誰かを呼んでいいから」

世の中に同じ人間なんてひとりもいない。だから誰だって人付き合いは手探りだ。正解なんてない。熟練のカウンセラーでも、相手をよく知っているはずの親友でも、地雷を踏むことはある。だから採用基準は、話が巧い人というより、相手を思いやれる人。人の痛みがわかる人。

話をするというのは誰にでもできることだから、誰にでもできる仕事のようだけど、単純なことほど奥が深く、難しい。基本は「友達との会話」だが、気軽に助言はできないし、治療になってはいけない。守秘義務は絶対遵守《じゅんしゅ》。話し好きでないとやれないが、ただのおしゃべりではダメなのだ。

「はい、わかりました、社長」

「あー、社長はやめてくれ。佐脇さんでも、光流さんでも、なんでもいいから」

わりと、威厳は自分から捨てているのかもしれない。

「じゃあ……光流さん。よろしくお願いします」

小首を傾げるのが似合う男というのもいるものらしい。これはきっと、甘え上手。

「じゃ、このチラシ持って。どこでもいい、おまえが効果的だと思うところで配ってきてくれ」

「はい、行ってきます！」

杏希はチラシの束を抱え、跳ねるように出て行った。

「やっぱり小動物だな。リスか……ハムスターか」

杏希が出て行ってしばらくすると、加藤さんの予約時間になって、みどりと一緒に俺も個室に入った。離婚問題は、泥沼化していた。

あれから加藤さんは二度ほどやってきたが、わかったのは、旦那に離婚を回避する意志はなく、財産分与も最小限と主張していること。

「加藤さん、どうしますか？　絶対離婚はしたくないのか、条件がよければ離婚に応じてもいいのか」

今のままというわけにいかないことは、誰の目にも明らかだった。

「……離婚はしてもいい。でも、寄生虫みたいに言われたのが悔しいの！　お金がない時は私が支えてあげてたのに」

「わかりました。じゃあまずは弁護士さんに相談して、みんなで最良の策を話し合いましょう。それでいいですか？」

俺の言葉に、加藤さんは泣きそうな顔で頷いた。

「じゃ、俺ちょっと弁護士さんと連絡取ってみるから」

みどりに後を任せて個室を出る。事務所では朋哉と朱乃がお茶を飲んでいた。

「ダメっぽい？」

加藤さんの事情を知っている朋哉が声をかけてくる。

「ああ。弁護士と相談する」

電話のあるデスクに向かい、受話器を取ると一瞬悠介の顔が脳裏をよぎった。打ち消すようにボタンを押し、コール一回で出た涼やかな声の女性にこちらの名前を告げる。

受付に名前とどういった案件かを話せば、それぞれの担当に振り分けると、所長に聞いていたから、案件は離婚問題だと告げようとしたのだが、その前に、「少々お待ちください」と保留に切り替えられた。そそっかしい人なのだろうかと思いながら、受話器から流れてくる音楽を聴いていた。少しして音楽が途切れ、また女性の声がするのだろうと思った耳に、

『はい、替わりました、長谷部です』

低く張りのある男の声が流れ込んできて、息を呑む。

「え、あ……花荘カンパニーの佐脇、です……」

そこからなにを言っていいのかわからなくなる。おろおろと視線を泳がせたら、こちらを見る一人の好奇の視線とぶつかり、落ち着け……と深く息をした。

「お世話になっております。花荘カンパニーさんの案件は、私が一括して請け負うようにいたしましたので、これからよろしくお願いいたします」

悠介は淡々ととんでもないことを言った。

「は!? なんで――」

思わず大きな声を出してしまって、慌てて口を噤《つぐ》む。

『同じ人に請け負ってもらう方がいいって、所長に言ったんだろ?』

くだけた口調になって悠介は言った。声を潜《ひそ》めたのは、職場に似つかわしくないからだろう。

「そ、それは確かに申し上げましたが、無理だって言われたし……」

気が動転しておかしな言葉遣いになって、こちらも小声になる。

『まあ、確かにウチのシステムじゃ無理って言うだろうけど……暇なんだよ、俺。だからちょうどよかったんだ。いっぱい仕事を回してくれ』

「暇って……」

『おまえは顔も見たくないだろうけど』

さらりと言われ、俺だけがこだわっているように感じてムッとする。

「別に。仕事ですから。お客様のために、どうか誠実にお願いします」

『お任せください。で、どういった案件でしょう？』

少し嫌味に「誠実」を強調したのだが、ビジネスライクにスルーされた。それからは互いに淡々と案件についての話を進める。

『それでは、これからそちらに伺います』

「これから？」

『今ちょうどひとつ終わったところで、明日からはまたちょっと厳しいから……すぐ行く』

悠介はこちらになにも言わせず電話を切った。

「相変わらず自分勝手な……」

受話器を耳に当てたまま、ツーツーという音に向かってぼやく。

暇な奴が明日以降は厳しいって、話が矛盾しているだろう。

――おまえのためにやってるというアピールか？　捨てた償いをしようとでも？

そんなものはいらないが、それで丁寧にやってくれるのならお客様のために利用するまでだ。

受話器を置いて、いろいろ聞きたそうな二人に「今から弁護士さん来るから」とだけ告げて、個室に戻った。そして悠介が来るまでの間、旦那の悪口を延々聞かされるはめになる。

しかし俺はソワソワと、半分上の空で聞いていた。

「みどりん、俺外れても大丈夫かな？」

控えめに問いかけてみた。

「え、なんか忙しい？　予約入ってたっけ？」

いてくれ、と縋るような瞳を向けられる。みどりも新しい弁護士には不安があるのだろう。

「いや、やっぱいい。ごめん」

どうかしている。責任者として、代わった弁護士の仕事ぶりをちゃんとチェックするべきなのに、逃げようとするなんて。囚われて仕事に支障をきたすには、古すぎる傷だ。

あいつが根は悪い奴じゃないと知っているし、仕事も真面目にやってくれるはず。優秀かどうかは知らないが、たぶん優秀なのだろうと思える。

俺に逃げる理由はない。堂々と向き合えばいいのだ。ただの仕事相手として。

内線が鳴って受話器を取れば、朋哉が「弁護士さんがみえました」と固い声で告げた。入室を許可しながら、朋哉に弁護士が誰か、言っていなかったことを思い出す。

いきなり悠介がやってきてびっくりしただろう。そして、俺が酔い潰れた理由を察したかもしれない。さっき部屋に戻る前に、耳打ちくらいしといてやればよかったと思う。やっぱりちょっと冷静さを欠いていたようだ。

「失礼します」

弁護士然としたお堅い風情《ふぜい》で悠介が入ってきた。

立ち上がって迎え入れれば、悠介が全員に名刺を渡す。肩書きは確かに弁護士。しみじみこの男は俺が知っている悠介とは違うのだと思った。

丸テーブルを囲んで、加藤さんの前にみどりが、その横に俺が座っていたのだが、依頼主の正面の席をみどりは悠介に譲ろうとした。しかし悠介はそれを手で制し、空いていた椅子に座る。加藤さんとみどりの間。少し加藤さん寄りに椅子をずらせば、俺の正面になる。

ダークグレイのスーツをすらりと着こなし、椅子に座るだけの所作が絵になるのは相変わらずだ。変わったところといえば、五年前より表情に棘《とげ》がなくなったのと、ホストの頃には下ろしていた髪を後ろに撫でつけていること。怜悧《れいり》に整った顔はエリート然として見える。

悠介は一瞬俺と目を合わせ、それからは体ごと加藤さんの方を向いて話を進めていった。依頼主の口から改めて話を聞き、必要なところは質問しながらメモを取り、今後の対処の仕方を煮詰めていく。くだけすぎず、堅くなりすぎず、賑やかに話は進む。

賑やかなのは、女性二人がかなり盛り上がっていたからだ。悠介が入ってきた時には緊張気味だった二人だが、悠介の穏やかなしゃべりに、あっという間に打ち解けた。「素敵ねえ」と「格好いいわあ」が合いの手のように入る。それを悠介がそつなくあしらうというのは、昔よく見た光景だ。

「とにかくね、私は悔しいのっ。結婚した時はボロアパートで、家賃も私が払ってたんだから。なのに、邪魔になったらポイッと捨てるって……。私はなんなの？」

今まで散々男代表として文句を言われてきたけれど、これに関してはすごく共感できる。邪魔になって捨てられた身としては。チラッと悠介を見たが、その涼しい顔は、自分のしたことを重ねているようには見えなかった。

「ポイッとなんてさせません。ちゃんと対等に別れましょう。お金もきっちり分けて。……別れてよかったってことも、絶対ありますから！」

それまで黙っていた俺がいきなり力を入れて言ったので、周りが若干引いた。加藤さんを元気づけようと言ったつもりだったが、根底にあるのはきっと悠介への恨み節。悠介がどんな顔をしているか見たい気がしたけど、悠介の視線を感じるから目を向けることができなかった。

「ありがとう。弁護士さんや佐脇さん見てたら、うちの旦那なんてたいした男じゃないって気がしてきたわ。あんなのより素敵な人はいっぱいいるわよね。うん、前向きに行くわ！」

とりあえず、元気は出してもらえたようだ。

「光栄です。では、前途ある離婚への話し合いをいたしましょう……」

悠介が微笑めば女性たちはポーッとなって黙った。それはホスト時代、うるさい女性を黙らせるのによく使っていた技。今はなんだかナチュラルに使ったけれど。

俺は話に参加しながらも、悠介の顔からは目を逸らし続けた。自然と伏し目がちになって、テーブルの上の悠介の手に目が行く。長くきれいな指。左手の薬指にはなにもなかった。

山形で結婚したのではなかったのか？　なぜここで、どうして弁護士をしているのか？

資格を取ってこちらで就職し、仕事中は指輪を外しているだけ、なのかもしれない。そんなのは訊けば一発でわかること。しかし、知りたいと思っていると思われたくなかった。

短い協議の結果、まずは夫の素行調査を行うことになる。法律事務所と提携している興信所に調査を依頼することになったが、あまり楽しい事実は出てこないだろう。

それは加藤さんもわかっているのか、気の重そうな顔になっている。

『大丈夫、あなたは独りじゃありません。佐脇さんたちがいるし、私も責任を持ってサポートさせていただきますから」

悠介が笑顔で言うと、加藤さんもつられたように笑顔になった。

女性の扱いなら悠介に任せておけば間違いない。チクチクと昔の嫉妬心を思い出した。しかしこれは、今のものではなく昔の痛みの記憶だ。

「くれぐれもよろしくお願いします」

俺は悠介に頭を下げた。隣でみどりも頭を下げる。悠介の弁護士としての力量などまったく知らないのに、不安は感じなかった。

『もちろんです。佐脇さんに恥をかかせるようなまねは、絶対にしませんよ」

悠介はここで今日一番の笑みを浮かべた。無駄にドキドキしてしまって、ムッとする。

自分の顔は好きじゃないなどと言っていた悠介だが、使い方は心得ている。この笑顔は女性に向ければ他の女性の反感を買うが、男に向ければ好感度が上がるのだ。現に女性たちは、微笑ましい光景だというような顔で見ている。俺の指導の賜物と、言えなくもないのだけど。

「それじゃ、次は興信所の調査が出てから、ですね。ここからは先生と加藤さんで直接やり取りしてもらった方がいいと思います。場所は法律事務所でいいですか?」

別に悠介だから遠ざけようとしたわけでなく、それがウチの基本スタイルなのだ。弁護士の紹介はするが、訴訟などには関与しない。

「え、付き合ってくれないの？」

「ウチの人間を付き添わせたり、ここで話し合いをするということになると、弁護士さんの方とウチと二重に代金を払っていただかなくちゃならなくなりますから……。大丈夫、長谷部先生は怖くないでしょ？　なにか不満があった時は言ってください。改善を求めますから」

俺は加藤さんに笑顔で言いながら、悠介に釘を刺した。「怖いなあ」などと、悠介はちょっとくだけた調子で笑う。

「わかりました。じゃあ、次は弁護士さんと二人きりね。みどりちゃんにはちゃーんと、経過報告しに来るからね」

「はい、楽しみに待ってます」

加藤さんと悠介が連絡先の交換を始める。悠介が携帯電話を取り出して、俺は無意識にストラップを探していた。なにもついていないのを見て、落胆している自分に気づき苦笑する。

あんなものをつけているはずがないじゃないか。お守りだから捨てにくいだろうけど……いや、悠介は意外にあっさり捨ててしまうかもしれない。神様なんて信じていそうにもない。

加藤さんを送り出すと、悠介は今後のことで俺と話がしたいと言った。

二人きりになることに躊躇《ちゅうちょ》があって、事務所の方へと思ったが、ギャラリーがいる方がやりづらいと思い直す。さっきの電話の時のように、いつもの俺でない受け答えをしてしまう可能性があった。それに朋哉もいる。

「みどりん、この部屋すぐ使う？」

「ううん。次は二時間後よ」

「じゃ、少しだけ貸してもらえるかな？」

「はい。どうぞどうぞ」

みどりはお茶を淹《い》れてきますね、と出て行った。

「で、今後のことと申しますと？」

自分でも驚くほど、露骨に不機嫌な声になった。どうも悠介の前だと感情のセーブが巧くいかない。

「これから俺がここの担当になったから、どんな案件でも俺の直通番号か携帯に電話をくれ」

「……他の方はいらっしゃらなかったんでしょうか」

丁寧に問いかければ、嫌味ったらしくなる。しかし悠介は気にした様子もなく、「残念ながら」とあっさりスルーした。

「まあ、ウチから弁護士に頼むような案件は、月にひとつかふたつといったところだし、電話するのは客自身かその担当者だし。同じ人が受け付けてくれるのは、正直ありがたいです」

礼を言えば、悠介は少しホッとしたような顔をした。

「じゃあ、ここのシステムについて詳しく教えてくれ。把握しておきたいから」

客に対する口調とは違うが、仕事の話はビジネスライクに進めていく。それでいいのだが、なんだかモヤモヤする。俺は客に最初にするのと同じ説明を、かなりそっけなく短縮して話した。

「どうしても顔を見られたくないという客と匿名で話をして、弁護士を紹介することもある。話の内容によっては断ってくれてもいい。その時はまた別を探すから」

素性のわからない客を紹介することになるので、それに関しては強く出られない。

「どんな依頼も断る気はない。ここからの依頼は」

じっと見つめられると胸がざわつく。公私混同、とは言えないくらいの微熱を感じて。やっぱりこれは悠介なりの償いなのだろうか。

ドンドンッと強いノックの音が微妙な空気を破った。強く叩かないと聞こえないので、ノックは喧嘩《けんか》腰みたいな音になるのだ。

救われた思いで立ち上がってドアを開けると、不機嫌そうな顔の朋哉が立っていた。お茶出しの権利をみどりから奪ってきたらしい。

「弁護士様にお茶をお持ちしましたー。お久しぶりです、ユウさん」

朋哉は湯飲みを悠介の前に置きながら、挑戦的に挨拶をした。

「……どちら様？」

悠介の、まるで興味がないという問いかけに朋哉はムッとしたようで、俺は慌てて口を挟んだ。

「こいつ、同じホストクラブにいたんだよ。トモって、覚えてないか？」

思い出せないらしく悠介は首を傾げる。

「入ったばっかりのぺーぺーのことなんて、ナンバーワンは覚えてないでしょ。ユウさんと被ってたのは一ヶ月くらいだったし。光流さんとはもう五年以上一緒ですけど」

朋哉があからさまな敵意を人に向けているところを、初めて見たような気がする。いつも明るく誰にでも友好的な男が、悠介にだけそんな態度を取る原因は、俺なのだろうけれど……。

朋哉が最後に付け加えたよけいな一言に、悠介の目がスッと細くなった。しかし悠介の場合、こういう不愉快そうな、機嫌悪そうな顔こそがスタンダード。少し懐かしい。

二人の間に険悪な空気が流れ、悠介の目がこっちに向けられた。訊きたがっていることはなんとなくわかったが、答えてやる義理はない。誤解でもなんでも自由にすればいい。

「じゃ、他のスタッフにも紹介しますから、どうぞこちらへ」

俺は悠介の眼差しを無視して、せっかくのお茶を勧めもせずに事務所へと移動する。都合のいいことにスタッフは全員揃っていた。

「こちら、弁護士の長谷部さんです。契約してるのは田島《たじま》法律事務所さんなんですけど、長谷部さんが一括して受けてくださるそうなので、これから大変お世話になると思います。みなさん、ご挨拶を」

スタッフは口々に名前を言って挨拶をし、悠介はそれぞれに丁寧に返して名刺を渡した。

「じゃあ、長谷部さん――」

これで終了。お引き取り願おうと思ったのだが。

「弁護士さん、いい男ですよねー」

「びっくりしちゃった、こんな若くてイケメンの弁護士さんが来るんだもの。老先生から世代交代のギャップ大きすぎ」

女性二人がわいわいと悠介を囲む。

「ありがとうございます。楽しそうな職場ですね」

悠介は笑顔でそつなく答えた。

「ええ、楽しいですよー。おしゃべりが活かせる職場なんて、そうないですから。社長を筆頭に、男衆はわりといい男揃いですし。弁護士さんまでいい男なんて、ラッキーだわあ」

四十歳を越えると自然に恥じらいというものが消えていくのだと言っていた朱乃が、悠介の腕に手をかける。

「先生、独身ですか？」

男には興味ないと言っていたみどりまでが、反対の腕に摑まり、上目遣いに問う。

「ええ」

にこやかに答えた悠介は、チラッとこちらを見た。俺は、そんなことには興味ないという顔をしていたが、内心とても驚いていた。

別れたのか？　幸せな結婚をしたのではなかったのか――？

「じゃあ彼女は？　彼女はいるんですかー？」

みどりは食い下がるが、俺はもうそれ以上なにも聞きたくなかった。

「いるよな、いるいる。はい、さようなら」

悠介の背を押し、強制的に出口へ向かわせる。触れたのは勢いだったが、手に跳ね返った感触に少し動揺した。スーツ越しにもわかるしっかりした体軀《たいく》。二度と触れることなんてないと思っていた。

表面上は冷静に悠介をドアの外へ押し出す。悠介は抗《あらが》うことなく追い出された。振り返った悠介が口を開こうとしたから、俺は慌ててドアを閉めた。

なにも聞きたくなかった。彼女がいるとも、いないとも。なぜ独身なのかも。

「なになに、ぴかちゃん知り合いなの？」

戻れば、今度は俺が女性二人に捕まった。

「……ホストをしてた時の同僚だよ。朋も知ってる」

朋哉がいなければ、しらばっくれたかもしれない。隠しても意味のないことだし、そのうちバレるに決まっているのだけれど。

「うわー、あの人がホストやってたの？　そして今は弁護士なんて、ブラボーだわ。彼女から略奪しちゃおうかしら」

朱乃が言って、また二人は盛り上がる。そんな二人から逃げるように、俺は離れた椅子に腰かけた。そこに朋哉が寄ってきて、耳打ちする。

「光流さんも、したいですか？」

「は？　なにを？」

「略奪」

「アホか」

一蹴する。略奪なんて……どちらかといえば、俺がされたのだ。今となっては自分が本命だったのか、自信がないけど。

「光流さん、晩飯一緒に行きましょう」

朋哉に誘われ、躊躇する。飯を食いに行くくらいは構わないのだが……。

「香希も一緒に行くか？」

ひとりでしきりに携帯をいじっていた香希に声をかけた。

「あ、ごめんなさい。とても行きたいんだけど、用事があって……」

「それはいいけど……どうかしたのか、香希」

浮かんでいる暗い表情が気になった。あまり楽しい用事ではないらしい。

「いえ。……大丈夫です」

ニコッと愛らしい笑みを浮かべたが、「大丈夫」という言葉が引っかかる。

「なにかあるなら遠慮せずに言えよ。力になるから」

「ありがとうございます」

笑顔はいくらか自然なものに変わった。朋哉に向き直ると、こっちはちょっと嫌な感じの笑みを浮かべた。

「警戒しなくていいですよ。飯を食うだけですから。口説きません」

小声でそんなことを言う。

「べ、別に警戒なんかしてねえよ」

朋哉も独り暮らしだから、独りの食事は味気ないのだろう。朋哉が気にしないのであれば、食事に行くくらいはまったく問題ない。ただ、悠介のことをいろいろ突っ込まれると面倒だなと思うだけ。

終業後、また同じ居酒屋に行ったが、アルコールはビール一杯に自粛した。

「ユウさんって、光流さんにまだ未練があるんじゃないですかー？」

朋哉は普通に呑んでいたので、酔いが回れば口も滑らかになった。

「そんなわけないだろ。俺がふられたんだから」

「えー!?　光流さんがふられたの？　マジで？」

「マジだよ。……あいつは好きな女ができたって、結婚するって言ったんだ……」

思わず漏らしていた。酔っぱらいの口の滑らかさに感化されてしまったように。

「あれ、でもさっき、独身だって……」

「知らねえよ。ふられたんじゃねえの。いい気味だ」

ものすごく酒を呑みたい気分になってきた。

「光流さんを捨てて女を取るなんて、俺には考えられないけどなー」

隣で朋哉は気持ちよく杯を空けていく。

「女の方がいいに決まってるだろ。あ……おまえってゲイなのか？」

思い当たって、ちょっと声を潜めて確認する。俺が好きなんて言うのだから、可能性は高い。

客観的に見れば俺もゲイということになるのだろうけど、実際に男と付き合っていたにもかかわらず、俺は自分をゲイだとは思っていなかった。悠介以外の男とは想像もできない。

「違うと思うんですけど……でも、今まで会ったどんな女より、俺は光流さんがいいでーす」

朋哉も俺と同じなのか。しかし俺には、朋哉を受け入れてやることはできそうになかった。そもそも男が男を好きになって、受け入れてもらえる可能性なんてほとんどないだろう。少しの間でも付き合って幸せな時間を過ごせたのだから、結果はどうでも俺は幸運だったのだ。

「おまえは本当、直球だな。……でも俺、そういうこと言う奴、嫌いなんだよ」

悠介も同じようなことを言ったことがあったのだ。ただ、気持ちいいほど真っ直ぐな朋哉と、屈折して悲愴感を背負っていた悠介とでは、同じ言葉でも受ける印象はまったく違う。

「でも、嘘つきはもっと嫌いでしょう?」

朋哉はにっこり笑った。

いい男なのだ。そんなふうに褒められても嬉しくないだろうから言わないけど……。自分の気持ちが自分でどうにかなるのなら、好きになってやりたいと思うくらいに。

だけど、どうにもならない。自分の心なのに自分の意志では動かせない。

いったい気持ちというのはどこに存在して、なにが動かしているのだろう。本人の与《あずか》り知らぬどこかに、自分ではどうにもできないシナリオがあるんじゃないかという気がしてならない。

そのシナリオでは、俺の気持ちはどこに行き着くようになっているのだろうか――。

考えそうになって、思考を停止させる。考えてもしょうがない。

「ああ。大嫌いだよ、嘘つきは……」

でも、心に相反する気持ちと意志が存在する時、どっちを取っても嘘つきになってしまう気がする。

悠介のことが気になって仕方ない気持ちと、悠介にこれ以上近づきたくない意志と。気持ちに振り回されず、己の意志で進みたい。今の俺に大事なのは、仕事、スタッフ……悠介なんて順位にも入っていない。これは嘘じゃない。

まずは、込み上げてくる「浴びるように酒を呑みたい欲求」を意志の力でねじ伏せる。いろいろ溜め込みすぎるのはよくないぞ——という自分の声が聞こえたが、これ以上朋哉に吐き出すわけにはいかなかった。

俺はこの程度の負荷に耐えられない男じゃない。自分に言い返した。

七

匿名《とくめい》部屋の常連である原田《ハラダ》は、仕事が忙しいと言っていたわりに、いつもの第三土曜日よりも早くやって来た。

「佐脇《さわき》さん。運命を信じますか？」

突然の質問に驚く。

「あの、どうかされました？」

なにかヤバイ宗教にでもはまったのかと、慎重に問いかけた。

「はい。最近、神様が背中を押してくれてるのかなっていうことがありまして……」

ふと、すごく嫌なものを感じて、白い磨《す》りガラスの向こうのぼやけた黒い影をマジマジと見つめる。

そこにあるのはすっかり見慣れたシルエット。頭にはたぶんニットであろう帽子、サングラス、マスク、服は黒の上下。いつもながらの不審者風。

以前から背格好は似ていると思っていた。だけど、ありえないと思っていた。薄れた記憶と重ねていた時には、違うと信じ込むこともできたけれど……。つい先日会ったばかりで、確かにこのあたりに生息していると知った今では、それも難しい。

「佐脇さん？」

訝《いぶか》しげな声に我に返る。

「あ、そ、そうですか……。でも、ただの偶然じゃないですか。仮に運命だったとしても、神様じゃなくて、人を惑わす悪魔的なものの仕業《しわざ》かもしれないし……いい方に転ぶとは限らないんじゃないんですかね……」

普段なら絶対に言わない否定的なことを口にしていた。

全力で否定したかったのだ。運命なんて言葉は。

そして、今まで原田と話したことを急いで思い返す。自分のことを話したがらない人だったから、俺のことはけっこう話した。だけど悠介のことだけは話さなかった。それに関しては、原田に限らず、誰にも話していないから間違いない。

「そうですね。でも俺は、運命だと信じたい気分なんですよ。悪魔が仕掛けたものでも全然構わない。どう転んでも会えただけで感謝する」

熱っぽい視線は、そういえば以前から感じていた。

再会が運命だったとして、それがなんだというのか。苦しむだけの運命だって世の中にはたくさんある。呑気《のんき》に浮かれているような様子に苛々《いらいら》した。

「そういう気持ち、わかりますよ。俺も最近恋人ができて、この人が運命の相手だったらいいなあって思いますから」

こんな馬鹿みたいな嘘をついたのは初めてだ。言ってから自己嫌悪が襲ってくる。嘘つきは嫌いだと言った舌の根も乾かぬうちに、くだらない嘘をついている。

「恋人が、できたんですか」

浮かれた気配を消すのには成功した。磨りガラスの向こうの、ぼやけていても長いとわかる指が喉元に伸びて、ネクタイをしていれば結び目があるあたりをいじるような仕草をする。それを見て確信した。原田は悠介《ゆうすけ》だと。

「……ええ、まあ」

見栄を張ったわけじゃない。線を引いたのだ。互いにこれ以上近づくことがないように。

「本当に？」

確認する声は不審に満ちていた。だいぶ長いこと恋人はいないと言っていたので、すぐには信じられないのかもしれない。それとも俺に恋人ができるわけがないと侮《あなど》っていたのか？

よもや自分のせいで光流《ひかる》は恋ができないとか、未練たらしく自分を待っているとか思っているわけではあるまい。悠介のせいで恋する気になれなかったのは事実だが、絶対に知られたくなかった。

「今、とても幸せなんですよ」

これは嘘でも強がりでもない。したい仕事ができて、それで飯が食えて幸せだ。

「まあ、幸せなら、いいんだけど……」

悠介は喉元に手を当てたままつぶやいた。当然訊《き》いてもよさそうな、相手のことも経緯もなにも聞かずに、予定の時間を早めに切り上げて帰っていった。もちろん、次の約束も入れずに。

あいつはいったいここになにをしに来ていたのだろう。素性をわからないようにして、偽名まで使って。俺に合わせる顔がなかったのは当然だろうが、そうまでして来るのにはどんな意味があったのか……。

おかしな結論にたどり着きそうになって、慌てて考えるのをやめる。

あいつがなにをしたって、なにを言ったって、もう信じないと決めている。裏切られるのは一度で充分だ。「おまえだけだ」と言った声は、今も確かに耳に残っている。

本当に、馬鹿みたいに信じていたから、傷も深かった。だから今度は、少々過剰なほどに自衛する。

悠介がどんなつもりでここに来ていたのだとしても関係ない。近づきすぎれば、いらぬ傷を増やすことになる。それはきっとお互いにとって不幸なことだ。

原田はただの客。悠介はただの顧問弁護士。それ以上の接点はいらない。

「運命なんかで、全部なしにされてたまるかよ」

俺はつぶやいて、磨りガラスの向こうのなにもない空間を睨《にら》みつけた。

もうしばらく俺の前に顔を出すことはないだろうと思っていたのに……。

「なんのご用でしょうか、先生」

今度は弁護士として堂々と現れた悠介の涼しい顔を睨みつける。

「おまえのそんな迷惑そうな顔が見られるのは、俺くらいだろうな」

原田の時とはまったく違うくだけた話し方。悠介が違う人を演じていたのは明らかだ。とはいえ、客の素性を詮索しないという決まりを、自ら破るわけにはいかなかった。相手が誰であっても。

「失礼しました。連絡もなく来られたので、少し驚いただけです。で、なにか？」

営業スマイルを浮かべて、入り口のすぐ脇にある来客用のソファを勧める。奥の大テーブルには、朋哉《ともや》と香希《こうき》がいた。

「近くに用事があったから、ついでに加藤《かとう》様の経過報告に来た。解決の目途《めど》がついたから」

「え、もう？」

あれだけ揉めていたのだから、まだまだ長引くだろうと思っていた。

「そう、もう。ここで話してもいいか？」

悠介が周囲を見回す。オープンスペースで客のプライベートなことを話すのを躊躇《ちゅうちょ》するのは当然のことだ。

「ああ……、そうだな、ちょっとこっちに」

スタッフは信頼できるが、確かにここはふさわしくない。仕方なく、俺の個室へと誘導する。

「みどりん出てきたら、内線を入れてくれ」

加藤さんの担当であるみどりが接客中だったので、個室に入る前に朋哉に頼んだ。

「はーい」

不機嫌そうな返事と眼差《まなざ》しは、俺を通り越して背後の悠介に注がれている。悠介はきっと我関せずの涼しい顔をしているのだろう。

中に入ると、悠介はもの珍しそうに周囲を見回した。

「なんか、ここはおまえの部屋って感じだな。こないだの部屋とは違う」

こないだの部屋というのは、みどりの部屋だろう。おまえの部屋と言い当てられて微妙な気持ちになったが、無視して早く座るよう促《うなが》す。

「で、加藤さんの件、どうなったって？」

「ああ。最初は夫の方もまるで折れる気ありませんって感じで揉めていたんだが、隙の多い男で助かったよ。浮気はしてる、愛人にはマンションを買い、その金額は妻の買い物なんて目じゃない金額だ。それに、冷淡を気取ってはいたが、けっこう情にもろい男で、そっちから攻めていったら案外あっさり落ちた」

「あ、そう……」

悠介は頭がいい。そして人をよく見ている。弱いところを見抜き、そこをじわじわ攻めて搦《から》め捕《と》る。人を気持ちよくさせるコツも心得ていた。だから本気になった途端にナンバーワンを奪取、なんてことができたのだ。

自分もそんな技で落とされたのか、なんて思ったら、自分に腹が立ってきた。

「あれは経営者向きじゃないな。さっさと離婚して正解かもしれない」

悠介は依頼者の側に立って言ったことなのだろうが、カチンときてしまった。

「それは俺のことか？」

「は？」

「情にもろくて経営者向きじゃないって」

冷たい目を向ければ、悠介が焦《あせ》った顔になる。

「違う。おまえは確かに情にもろいところはあるけど、目先のことだけ見て流されたりしないだろ？　人を惹きつける魅力もあるし、統率力もある。経営者の資質は揃ってるよ。俺にはないものばかりだ」

「そうだな、おまえは口八丁で人を騙《だま》すのが巧くて、群れるのが嫌いなくせに寂しがりのエゴイスト、だよな」

褒《ほ》められたって機嫌は回復しなかった。ご機嫌取りにしか聞こえない。悠介との始まりは流されたようなものだったし……。八つ当たりのように、辛辣《しんらつ》に悠介を評する。

「さすが、冷静で的確な評価をありがとう」

悠介は眉間に皺《しわ》を寄せながら、やさぐれた感じで言った。

「それでも、弁護士には向いてるんだろ。離婚が巧くいくっていうのも変だけど、加藤さんの納得のいく結果になりそうでホッとしたよ。ありがとうございます、先生」

「先生はやめてください、社長」

切り返されて、眉を寄せる。

「俺は社長なんて呼ばれないけど、おまえは呼ばれ慣れてるんだろ、先生」

「おまえには呼ばれたくないんだよ」

意地になって食い下がらなければよかった。そんな風に言われて見つめられると、逃げ場がなくなる。どんな顔をしていいのかわからなくて、ムッとした顔で視線を逸《そ》らした。

「もう報告は終わりなんだろ。まだなんかあるのか」

沈黙と悠介の視線に耐えきれず、つっけんどんに口を開いた。

「最近俺も働きすぎだし、花荘《はなそう》カンパニーさんで息抜きをさせてもらおうかと」

「……お客様、ということでしょうか？」

「お願いします」

悠介はつい先日来たことなど匂わせもしない笑顔で頷いた。そっちが営業スマイルで来るなら、こっちもそれで応《こた》えるまでだ。

「いえいえ、ありがとうございます。ご指名は……ああ、女性がいいですよね。予約を入れていただいてなかったので、ご希望にそえるかわからないですけど」

とにかく笑顔。心のないスマイル。

「指名は光流さんで」

にっこり合戦は、俺の敗色が濃厚だった。顔がひくひくと引きつる。

「えーと、光流さんは……」

わざとらしく手帳をめくってみるけど、今日の予定は頭に入っている。どうしてこういう時に限って、空いているのか。現在の時刻は夕方五時半。今日はもうこの後予約は入っていない。もちろん適当に嘘をつくこともできるのだが、相手が誰でも客に嘘は言いたくなかった。

「お時間は？　一番短くて三十分。一時間以上なら十分単位で設定できますが」

事務的に言えば、悠介がクスッと笑った。

「なんだよ」

「いや。忙しいって言われれば引き下がるのに、真っ正直っていうか……おまえのそういうところ、好きだなと思って」

「は!?」

好きという単語に過敏に反応してしまう。でも、正直なところが好きと言うなら、別に好かれてはいないということだ。俺は嘘つきだから。

睨みつけても、悠介は自然な笑みを浮かべていた。

「どんな客でも、こっちの都合で客を逃がすなんていう贅沢《ぜいたく》はできないんですよ。忙しいかもって思うなら、予約を入れてください」

目を逸らして言い訳がましく文句を言う。

「おまえが忙しいって言ったら、それが嘘でもおとなしく帰るつもりだった。運を天に任せてみたんだ」

いつからこんな運命論者になったのか、こいつは。昔は神なんて少しも信じていないような奴だったのに。

「じゃあ三十分でいいな」

俺はテーブルの端のボタンを押した。これでドアの外のランプが点灯し、料金が発生する。

「なにか、この話を聞いてほしいとか、ご希望はありますか？」

いつものようににこやかに。しかし声が尖《とが》るのはどうしようもない。

「なにを話してもいいのか？」

「……聞くだけは聞きます」

なにを話すつもりなのか、身構えずにいられない。もうすでに逃げ出したい。

「助言とか提案もしてくれるんだろ？　光流は悩み相談のスペシャリストだって聞いたけど？　おじさんやおばさんに特に人気があるって」

「……そんなの、誰に聞いた？」

「みどりさんと朱乃《あけの》さん」

「いつの間に……。さすが女性に取り入るのはお手のものだな」

「人聞きの悪い。仲よくなっただけだろ」

悠介はソファの背もたれには背を預けずに、膝に肘を突いた前傾姿勢で、じっとこちらを見つめている。長い足。長い指。視線をどこに逃がしていいのかわからない。

「今さらおまえが俺になんの悩み相談だよ」

助言なんてできそうにない。親身になれるかどうかも自信がない。

「光流……」

悠介は甘やかすように名前を呼んで、それっきりなにも言わず、じっと見つめてくる。

「なんのまねだよ」

見つめられると胸がざわめいて、顔は自然に険しくなる。

「『おまえは喋りすぎるな。目で語れ』——おまえに教えてもらったことだ」

「ホストのやり方を、今さら俺に実践してんじゃねえよ。弁護士先生」

本当に、いったいなにを考えているのか、さっぱりわからない。

「弁護士になってからも役に立ってるよ。俺はおまえに出会えて本当によかったと思ってる」

「俺は——」

むきになって、俺は思ってないと言い返そうとしたけど、続きが出てこなかった。

ものすごく怒って、傷ついて、悠介のことを散々罵《ののし》ったけど、出会わなければよかったとは、どうしても思えなかった。

出会った時の印象は最悪だった。自己中で強調性は皆無。暗いし、やる気はないし、攻撃的だし……いいところなんて顔しか見あたらなかったが、寂しそうに見えて、放っておけなかった。

それが俺の敗因で、構って、構って、押し倒されて、いつの間にか恋人同士だ。

でも、付き合っていた時でさえ、こんなふうに素直に感謝されたことなんてなかった。五年の間に、悠介になにがあったのか。自分ではない誰かが悠介を変えたのか……?

「お役に立てたならよかったです」

俺だって少なからず悠介を変えたはずだ、などと……知らない誰かに、無駄な対抗意識を燃やす。本当にまったく無駄なのだけど。

「光流……後悔したら前を向けって、歩き出せって……おまえが昔、俺に言ったんだ」

それは確か、悠介が不用意な一言で客を傷つけてしまった時、顔にも出さず落ち込んでいたから助言したのだ。悠介は心にもないことはすらすら言えるのに、本心はなかなか見せない。そのくせグジグジ悩む。そういう面倒くさい性格をしていた。

だから、とりあえず動けと言ったのだ。

それで事態が悪化することもあるだろうが、伝わるなにかがあるはずだから……と。

「未来は自分で作り出せとも言われた」

それはすごく最近……原田に言った言葉だ。そこを突っ込もうかと思ったけど、悠介の常にない思いつめた表情に、怯《ひる》んでいた。嫌な予感がして、今すぐにでもここから逃げ出したい。

「光流……恋人って、男じゃないよな？」

声は冷静だったが、真っ直ぐに見つめてくる眼差しは刺すように鋭くて、気圧《けお》される。

「は？」

「恋人ができたんだろ？」

「どこで俺の恋人の話なんか聞いたんだよ」

それは原田にしか言っていない真っ赤な嘘だ。

「風の噂で」

日線は一瞬、斜め上に逸れた。が、すぐに戻ってくる。たぶん開き直ったのだろう。ばれても構わないと。

「プライベートな質問には答えられません」

もちろん他の客相手にそんな堅苦しいことは言わない。だけど、風の噂なんかに答えてやる義理はない。

「あの朋哉って奴じゃないよな?」

「答えないって言ってんだろ」

悠介にそれを訊《き》く権利はないはずだ。朋哉ではないと否定するべきなのかもしれないが、誤解でもなんでもすればいいと思ってしまった。

「光流……男はダメだ」

悠介はテーブルに手を突き、身を乗り出してくる。真剣な顔が俺を苛立たせる。

「関係ないだろ! おまえにそんなこと言う権利があると思ってるのか!?」

思わず声を荒げてしまってハッと我に返る。ここは完全防音なので、大きな声も漏れる心配はないのだけど。

「確かに俺にはなんの権利もない。でも……ダメなんだ。おまえが幸せなら、黙って見守るつもりだった。でも、おまえが他の男に抱かれてるのを想像しただけで、切れそうになる」

嫉妬《しっと》をむき出しにする悠介が信じられなかった。いったい、今さらなにを言っているのか。

「おまえ……自分がなに言ってんのかわかってんのか!? なんでおまえが切れるんだよ! 俺が誰と寝ようと俺の勝手だ。そんなこと言うなら、もう帰れ!」

客だとか、まだ時間があるとか、そんなのは頭から飛んでいた。立ち上がって、怒りのまま悠介に背を向ける。

捨てたくせに。もういらないと言ったくせに。いざ人のものになると惜しいというのか。女にふられたからよりを戻そうとでも思っていたのか。ずいぶんとコケにされたものだ。

「るる、待ってくれ。話を聞いてくれ」

強い力で後ろから腕を引かれた。

「聞きたくねえんだよ！」

この部屋で、絶対に言ってはならない台詞《せりふ》を言い放つ。

しかしそれも気にならないほど激高《げっこう》していた。なにも聞きたくない。これ以上、気持ちを揺さぶられたくない。

「俺はおまえを傷つけた。今さらおまえになにを言う資格も持ってないのはわかってる。別れる時にはもう二度と会わない覚悟を決めてた、けど……。でもどうしても、どうしても諦めることができなかった」

「諦める？　おまえが俺を捨てたんだろう⁉　……俺がどんな想いで……ふざけんな！」

「るる、聞いてくれ。全部話すから」

「るるって呼ぶなって――」

引導を渡すつもりで振り返った瞬間に、抱きしめられた。

密着する感触、体温、匂い、強い力――。一瞬にして思い出す。だけど心に込み上げたのは昔の感情じゃなかった。懐かしさでも嫌悪でもない。新鮮なときめきだった。

ドキドキしている自分が許せなくて、力任せに悠介を突き飛ばす。反動で俺は背後のドアにぶつかり、ガタンッと大きな音がした。

直接ぶつかれば、部屋の外にも音が響く。すぐに外からドアが開かれようとしたが、俺の背中にぶつかって止まった。

「ふざけんな、ふざけんな！　おまえの言うことなんか、なんも聞きたくねえんだよ！」

怒鳴りつけて、小さく開いていたドアの隙間に手を掛け、勢いよく開ける。驚いた顔の朋哉の横を抜けて、外に飛び出した。

とにかく誰もいないところに行きたかった。今の自分を誰にも見られたくなかった。

いつも明るく自信満々の顔をして、必死に前へ前へと生きてきた。過去は振り返らない、未練なんかなにもない。俺は未来しか見ていないという顔をしてきた。

だけど本当は、振り返るのが怖かったのだ。未だに過去を吹っ切れていない自分を知りたくなかった。

今さら、心変わりの一部始終など聞かされたくない。ましてや、もう一度やり直そうなんて言葉は……絶対に聞きたくない。

悠介と再会して、その視線に昔と変わらぬものを感じたけれど、気づかないふりをした。勘違いだと言い聞かせた。でも、抱きしめられた瞬間に気づいてしまった、自分の気持ちに――。

一番怖かったのは、まだ好きだと言われたら、受け入れてしまいそうな自分自身だ。

なんで俺は、あんな最低野郎を今でも好きなのか。趣味が悪すぎて泣きたくなる。まるでＤＶ男を見捨てられない共依存の女みたいだ。

そういうのは嫌なのに。気持ちに振り回されたくないのに。意志で動くと決めたのに――。

自分にブレーキをかけるため、思い出したくもない過去を思い出す。冷たく捨てられたことを。あの時の胸の痛みを。もぬけの殻《から》になった自分を――。

同じ失敗を二度と繰り返さないために。


小一時間、頭を冷やして事務所に戻ると、朋哉だけがぽつんと残っていた。

「ごめん……。みんなは帰った？」

「みんなで待っててもバツが悪いだろうからって。……みんな驚いてましたよ。あんな光流さん見たの、俺だって初めてだったし。ユウさんが、『怒らせちゃった』とかって、おどけてフォローしてたから、仲がいいからこその喧嘩だと思ったみたいだけど」

「そうか」

悠介に助けられたのかと思うと、なんだか悔しい。元はといえばあいつが悪いのだ。勝手なことばかり言って……。

「俺は、すっげームカついた」

「え、なにに？」

朋哉はすごく険しい顔でこちらを見ていた。

「やっぱり、元でも恋人だったっていうのは強いっすね。なんか負けた気分だった」

「だから、なにがだ？」

朋哉の言わんとしているところがまったくわからない。

「光流さんって、けっこう厳しく怒ることはあっても、あんなふうに感情むき出しに怒鳴ってるところなんて見たことなかった」

「なんだよ、怒鳴ってほしいのか？」

そんなわけはないだろうと冗談で問いかけたのだが。

「ほしいですよ。なんでもぶつけてほしい。俺は光流さんのいろんな顔が見たい。全部、独り占めにしたい」

至極《しごく》真面目な顔で朋哉は言った。ド直球。

「おまえな……。本当、俺なんかのどこがいいんだ？　真剣にわかんねえよ」

ときめくより呆れてしまう。

朋哉だってナンバーワンだったのだ。軽く見えるのに優しくて、親身になって相談に乗ってくれると女性たちからの評判は上々だった。

独立する時、世話になった店のナンバーワンを引き抜くつもりなんてなかった。だけど朋哉は、勝手に店を辞めて、雇ってほしいとやってきたのだ。だからといって情にほだされて雇ったわけじゃない。朋哉の人となりを採用条件に照らし合わせて、合格だから雇った。

誠実によく働いてくれて、俺はどれだけ助けられたかわからない。

「じゃあ、光流さんはユウさんのなにがよくて付き合ってたんですか？　暗いし、むっつりだし……顔？」

「顔なんてそんなの……」

「ですよね。光流さんが顔で選ぶなんて思えないし」

ただの面食いなのかと自分を疑ったこともある。だけど、たぶんそうじゃない。

「ダメ男が好きなのかもな」

「元ナンバーワンで、今や弁護士なんて男をダメ男呼ばわりですか」

「できはいいけど、ダメ男だよ、あいつは。……似たもの同士、なのかもな」

悠介は実はかなり不器用な男なのだ。ひとりよがりで理屈っぽくて、なんでも難しく考えてどん詰まるタイプ。だけど人に助けは求めない。

だから放っておけなくて、手を引いてみたり、後ろから蹴飛ばしたり……そんなことをしていたら、俺の方が離れられなくなっていた。

俺もけっこうグダグダ悩む方で、だけどそれを人には見せない。悩みを相談されることはあっても、相談するということはほとんどなかった。できないのだ。

それをわかってる悠介は、なにも聞かずに俺を抱きしめてくれた。『俺の前では、ニュートラルなおまえでいろ。先輩とかリーダーとか、そんなんじゃない、光流で……いや、るるでいろよ。るるちゃんって感じでさ』そう言いながら笑った。俺は『絶対イヤだ』と返したけれど。

おかげで力が抜けた。楽に息ができるようになった。ただそれだけのことがすごく嬉しかった。

「全然似てないし、光流さんがダメ男なんて、絶対ないでしょ」

朋哉は俺を過大評価しすぎているのだ。

「まあな。人としてあいつよりは全然マシだし、経営者としても優秀だけどな。残念なのは、もてない上にふられるタイプだってことだ」

調子にのって強がりを言ってしまう。これはもう癖のようなものだ。朋哉が優しいことは知っているけれど、自分から寄りかかる気にはなれなかった。

「もてないはずないけど、俺はその方が嬉しいな」

本当にもてないのだが、立て続けに男に言い寄られている。いや、悠介には、はっきり言われたわけじゃないけど。

「おまえは趣味が悪いんだよ」

「俺はそうは思いませんけど。……光流さん、」

朋哉が真剣な顔でなにか言いかけた時、カランと出入り口のドアベルが鳴った。ハッと目を向けて、そこに立っていた人物を見て眉を寄せる。

「……香希？」

いつもと様子があまりにも違っていた。肩が落ち、元から小さな姿がさらに小さく見える。うつむいた顔は前髪に隠れて表情が見えないが、いつもの人懐っこさは微塵《みじん》も感じられず、どんより暗い空気をまとっていた。

慌てて近寄れば、香希はゆっくり顔を上げた。

「どうしたんだ、おまえ!?」

可愛らしい顔にむごい痣《あざ》。口の端が切れて、その周囲が内出血している。

「どうしたらいいのか、わからなくって……。他に頼る人いなかったから……ごめんなさい」

立っているのも辛い風情《ふぜい》の香希を待合用のソファに座らせ、横に座って背中に手を当てる。朋哉に仕草だけで飲み物を用意するよう指示した。

「謝る必要はない。なにがあったのか、話してみろ。ゆっくりでいいから」

「あの、僕……」

それから、しばしの間があった。葛藤《かっとう》しているのか、混乱しているのか。香希が口を開くのを、ただ黙って待つ。

ようやく香希が口を開いたのは、朋哉が用意した温かいココアを一口飲んでからだった。

「僕、男の人と付き合ってたんです」

その言葉を聞いて、香希の背に置いている手がピクッと振れそうになった。香希の告白に驚いたというより、おまえもかという驚きで。俺はなにかそういう匂いでも嗅《か》ぎ分けているのか。もうひとりの男スタッフである青柳《あおやぎ》のおっさんは……ないと思うんだが。

「うん、それで?」

普通に先を促せば、香希は驚いた顔でこっちを見て、溜まっていたものを一気に吐き出した。

「一年付き合って、二ヶ月くらい前に別れたんです。……浮気されて、もういいやって、さよならしたんだけど、別れないってつきまとわれるようになっちゃって……。前の店にも怒鳴り込んできて、いられなくなったからここに来たんです……ごめんなさい」

「だから、なにも謝ることなんかない」

「でも、迷惑かけちゃうかもしれないし……。辞めた理由、嘘言ったし」

「そんなの、人類の何割かがついてるような嘘だ。気にするな。それより、殴られたのか？　朋、冷やすやつあっただろ？」

朋哉はなにも言わず腰を上げる。

「あ、すみません。僕が……」

「いいから」

立ち上がろうとした香希の肩を押さえる。

「……前から時々殴られることもあったんだけど、別れてからひどくなって。仕事も家も変えて逃げたのに、偶然、会っちゃったんです」

偶然のいたずら。それは最近俺のところにもやってきた。たちの悪い悪魔がこのあたりに住み着いて、おもしろがっているんじゃないか――？　そんな馬鹿なことを考える。

「それで、慰謝料持ってこいとか言われて」

「慰謝料？　向こうが浮気したんだよな？　なにヤクザみたいな言いがかり……」

「ヤクザなんです……」

「え？」

「僕、知らなかったんだけど、ヤクザだったんです。前は優しかったのに……別れを切り出してから、豹変《ひょうへん》しちゃって……。僕が好きだった人は幻だったみたい」

「そうか……。辛かったな。なんでもっと早く言わなかったんだ。朋は知ってたのか？」

最近、香希は朋哉とよく話をしていたから、朋哉には話していたのかと思ったのだが、朋哉は「いいえ」と首を振った。

「誰にも言えなかったんです。僕、ゲイだってばれていじめられたことあって、それからずっと隠してきたから」

隠したいことがあったから、必死で明るく振舞っていたのか。

「ごめんな、気づいてやれなくて。俺もまだまだだな」

「いいえ。僕、毎日ここに来るの楽しくて。今日も、もしかしたらあいつがつけてきて迷惑かかるかもって思ったけど、独りの家に帰るのが怖くて……気づいたらここに足が向いちゃってました。光流さんと朋さんの顔見たら、ホッとしちゃった」

そこでやっと香希は笑顔を見せた。しかし、いつもの屈託のなさはなく、無理しているのが丸わかりで、いつも以上にけなげでいじらしく見えた。

「じゃあ、今日は俺んとこに泊まっていけ。とりあえず休んだ方がいい。話はまたゆっくり聞くから」

頭をぽんぽんと撫でる。家に帰すわけにはいかなかった。

「いいえ、あの、帰らないと……子供がいるんです」

「は？」

ゲイで男と揉めているのに、子供とはどういうことなのか。朋哉も眉を寄せている。

「あ、違います、猫の子です。拾って、育てて……ミルクやらないと死んじゃうかも」

「そういうことか。じゃあ送っていってやるよ」

立ち上がろうとしたら、朋哉に制される。

「俺が送っていきますから、光流さんは休んでください」

「いや、でも……じゃあ二人で」

「ダメです。光流さんもすっごい疲れた顔してるんですよ」

朋哉は香希を促して立ち上がり、ドアに向かう。

「光流さん、すみません。僕……」

「なにも気にするな。本当、俺んとこに来てもいいんだからな。猫も連れて」

「ありがとうございます」

香希は来た時よりはかなり明るい顔で帰っていった。

小さな嵐が去ると、疲れがずしっと肩にのしかかってきた。朋哉が疲れた顔をしていると言っていた意味がわかる。疲れているのは、体よりも心だ。香希の心配をしている方が元気でいられた。

心が疲弊《ひへい》している理由から目を逸らすように、香希のことを考える。

相手が男で、しかも元彼となると、警察には届けたくないだろう。警察が相手にしてくれるかもわからない。しかし相手がヤクザ者では、話がこじれる可能性は高い。でも慰謝料なんて、絶対に払わせる気はない。

自分が浮気しておいて慰謝料って、どれだけ自分勝手な言い分なのか。男への怒りが込み上げてくる。しかし、怒りをぶつけたくても顔を見たことがなくて、代用として浮かんだのは、悠介の顔だった。

浮気して、捨てた男と捨てられた男という違いはあるが、勝手なのは一緒だ。捨てられたら悔しいし、怒りをぶつけたくなる気持ちはわかる。でも、殴ってでも縛りつけておきたい気持ちはわからなかった。

心のない相手をいつまでも追いかけても虚《むな》しいだけだ。だから俺は未練を必死で消した。無理やり引き止めても気持ちは離れるだけ。香希を見れば、それは明らかだ。

好きなら、離れたくないなら、最初から浮気なんてしなければいい。

捨てておいて嫉妬なんかされても、困るのだ。

ダメだ……思考がぐちゃぐちゃになってる。悠介のことと、香希の元彼のことがごっちゃになって、なにに怒っているのか自分でもよくわからない。

考えを整理しようとするけれど、まぶたが落ちてきて、意識はますます混濁《こんだく》していった。ソファに座ったまま、俺はいつしか意識を失っていた。

「光流さん……こんなところで寝てたら風邪ひきますよ」

声を遠くに聞いた。

「摑まってください。上、行きましょう」

腰に腕が回り、ぐいっと引き上げられ、立たされる。

「ん……朋？　戻ってきたのか」

「気になったので。そしたら案の定、こんなところで寝てるし」

「ごめん……大丈夫だから」

「全然大丈夫じゃありませんよ」

肩を借りたまま、事務所のドアを出た。

「戸締り……」

「しました」

外の空気が冷たくて、少しだけ意識がはっきりする。鉄製の外階段は狭いので、密着したままの体勢で上がり、一番手前のドアの前で止まった。体を離そうとしたけど、朋哉の腕は離れず、横から抱きしめるようにして、ポケットから鍵を取り出す。

「え、おまえ……」

「いつも鍵をポケットに入れるとこ、見てたから……。すみません、ストーカーっぽくって」

ドアを開けて中に入る。部屋は一応1LDK。元々アパートだった建物を買い取って、一階は大幅に改築し、二階は友達のデザイナーの意見を取り入れ、リノベーションした。

「歩けるから……」

入居者を募集したら即満室になって、まだ誰も出て行っていない。

「足元ふらついてますよ」

肩を貸されたまま、ベッドまで連行された。

といっても、俺の部屋にはほぼベッドだけしかない。木枠のシンプルなベッドは、朝起きた時のままの状態だった。

座ったら、横になりたくなった。いったいこの疲れはなんなのか。せめて朋哉が帰ってから……と思うが、またまぶたが落ちてくる。

「光流さん……」

朋哉は真ん前に立っていて、声は頭の上から落ちてきた。

「ありがとう、朋。もういいぞ」

「よくない」

「ん？」

落ちそうなまぶたをこじ開け、見上げたら朋哉の顔が下りてきていた。

「朋？」

思いつめた目がどんどん近づいてきて、体が自然に逃げを打つ。

「ユウさんと……戻るんですか？」

「は？　なんでそうなる。俺は怒ってるんだぞ」

「でも俺には……悲鳴に聞こえたんです」

「悲鳴？」

朋哉の言っていることがわからなくて混乱する。怒鳴った覚えはあっても、悲鳴なんて上げた覚えはない。

「光流さん、俺にも……もっとあなたを見せてください。俺は絶対、あなたを苦しめない」

朋哉の指が、こめかみから耳の後ろへと滑って、労《いたわ》るような指遣いにうっとりする。こういうのは苦手なはずなのに、拒否反応も鈍い。思った以上に弱っているのか。

「もういいから、おまえも帰って寝ろ」

甘やかそうとする指を摑んで戻す。

しかし、それが引き金になったように、朋哉がのしかかってきた。逃げようとすれば後ろに倒れ、ベッドに乗り上げてきた朋哉に上から押さえつけられる。

「と、朋!?」

険しい表情で見下ろしてくる朋哉を、呆然と見上げる。

「……目を、閉じてていいですから。……なにも考えないで。楽にして」

唇が落ちてくる。避けようと思ったのに、動けぬままに唇が重なった。反応が鈍いだけなのか、それとも俺は……受け入れたのか？

自分でもよくわからない。ただ、久しぶりの口づけは柔らかく、嫌悪感はないが、気持ちが昂《たか》ぶることもない。ゆっくりと味わうようについばまれ、舌が触れ合ってやっと拒否反応が湧いてきた。

「と、も……待て。ちょっと……待……っ」

唇が離れた隙を狙って訴えたが、また塞がれる。口づけはどんどん性急に、濃厚になっていく。手が、体の上を這い回る。

力ずくで押し戻せばいいのだろう。本気で拒めばきっと朋哉はやめてくれる。……そう、思うのだけど……。優しくされるのが気持ちよくて、流されてしまえという声が内から聞こえる。

「ダメ、だ……」

自分に抗う。しかし体には巧く力が入らない。こんな弱い抵抗で止められるわけがない。

「いいから……難しく考えないで。気持ちよくしてあげる」

囁かれた言葉に身を委《ゆだ》ねそうになって、だけど最後のところで踏みとどまるのは、朋哉の顔がどこか辛そうに見えるから。

「やめろ。こんなんじゃおまえは……。おまえが、傷つく」

ホスト時代、「なにも考えたくないから、ただ抱いてほしい」という女性の声に、俺は応えてやらなかった。苦手意識もあったけど、俺は肌を重ねるなら、相手に責任を持ちたかった。

「いいんです。光流さんの気持ちはちゃんとわかってる。俺が、抱きたいんだ」

首筋に唇を這わされて、粘膜が吸いつく感触に体がゾクゾクと震える。

——今だけでいい、全部忘れて気持ちよくなりたい——そんな気持ちが初めてわかった。朋哉は俺に、それをくれようとしているのかもしれない。

だけど、相手が朋哉だからダメなのだ。なにも考えないなんて、できない。

「ダメだ……ダ、メ……って！」

のしかかる重みを思いっ切り突き飛ばした。

「光流さん……」

またがったまま体を起こした状態で、朋哉は苦しげに俺を見下ろしてくる。俺は朋哉の足の間から体を抜き出すようにずり上がり、上体を起こした。

「ごめん。……俺はおまえに甘えすぎた。ごめん」

謝ることしかできない自分に苛立つ。朋哉の気持ちをわかっているくせに、その前で気を抜いてしまった。誘われたような気がしたのかもしれない。朋哉は俺のせいにはしないけれども。

「俺はもっと甘えてほしい」

「こんなふうに慰められるなら、甘えられない」

朋哉の眉がぎゅっと寄るのを見て、罪悪感に苛まれる。ひどいことを言っているのはわかっている。

「ずるいよ、光流さん」

「そうだな」

それでも朋哉を失いたくないと思っている俺は、確かにずるい。苦しんでいる姿を目の前にして、これからもそばにいてほしいなんて、口に出すほど愚かではないけれど。

ここからどうするかは朋哉が判断することだ。

「俺の方が絶対光流さんを大事にするのに……」

「そうだろうな」

これ以上朋哉を苦しめたくないが、突き放す言葉しかかけられない。

「クソッ……クソッ！」

朋哉は拳を固めて、怒りを壁にぶつけた。すごい音がして、ベッドの横の壁がへこむ。

「と、朋哉！　大丈夫か、おまえ――」

思わず腕を取って拳を見る。関節のところに血がにじんでいた。

「なんで俺の心配するんですか。壁、へこんじゃいましたよ。怒ってよ……」

「俺だっておまえが大事なんだよ。少なくとも壁よりは」

淡々とした口調で言い返す。朋哉はじっと俺の顔を見て、その顔を俺はじっと見つめ返した。

探るように俺を見ていた朋哉は、目を逸らして大きく息を吐き出した。

「本当……最悪だ」

そうつぶやいてベッドから下り、部屋から出て行く。

「ごめん」

扉が閉まって、聞こえるわけもない背中につぶやいた。

ダメなのだ。違う声じゃ、違う指じゃ……あいつじゃないとダメなのだ。触れ合って、それを思い知ってしまった。朋哉にしてみればまさに最悪だろう。

壁はクロスを貼っていない板壁なので、ちょっとへこんでひびが入っているのがわかる。裏打ちのあるところだったら朋哉の拳はもっと傷ついていたかもしれない。よかったのか、悪かったのか。

どうしようもなく重い気分でベッドに横になった。眠かったはずなのに、眠りはなかなか訪れてくれなかった。


それから数日はなにごともなく過ぎた。

朋哉は翌日もなにもなかったような顔をしていたが、不自然なほどそのことについて触れなかった。悠介との仲が修復されることもなく、香希も人懐っこい笑みを浮かべて仕事をしている。平穏と言えば平穏。表面上は。

「私さー、聞いちゃったのよね。長谷部さんって、すごく優秀な弁護士なんだって。クライアントはほとんどが大企業とかで、すごく忙しいのに、ウチの担当にしてくれなきゃ辞めるってごねたらしいのよ。離婚やってる長谷部なんて初めて見たって、たまたま知り合った同じ事務所の弁護士さんが驚いてたわ」

「たまたま知り合ったって……なに、お見合いパーティー？　それとも長谷部さんに弁護士を紹介してもらったとか？」

朱乃四十歳はただいま元気に婚活中だ。結婚には夢も希望も持っていないみどりの呆れたような問いかけに、朱乃は胸を張って答える。

「たまたまは本当よ。だから、お見合いパーティーが正解。高収入男の集いだったんだけど、長谷部さんを知ってるって言ったら、優秀だけど性格悪いとか、ずーっと陰口聞かされて……あれは相当ひがみ入ってたわね。ま、長谷部さんなんて、もてない男の敵代表みたいなもんだから、しょうがないと思うけど」

なぜだろう、女性二人のニヤニヤした視線がずーっと俺に当てられている気がするのだが。

「でも、長谷部さんは敵じゃないのにね。だって、ぴかちゃんしか見てないもん」

ねー、などと、いい歳の女が二人、声を合わせて小首を傾げる。可愛くないから、などと突っ込みを入れようものなら火だるまになるのは目に見えている。そうでなくても、そこには関わりたくないから聞こえないふりをした。

悠介は巧くごまかしたんじゃなかったのか。女の勘は侮《あなど》れないが、ただの妄想かもしれない。

「光流くーん、なにがあったか知らないけど、許してあげたらー？　泣きそうだったわよ、長谷部さん」

朱乃に心配そうに言われて眉を寄せる。コメントしたくないが、名指しでは無視するわけにもいかない。

「泣かしときゃいいんだよ」

むすっと言い返したら、なぜか「キャー」と歓声が上がる。

「やだ、ぴかちゃんにそんなこと言われるなんて、なにしたのー？　長谷部さんったら」

二人は手を取り合って喜んでいる。絶対、遊ばれている。

「光流さん、これちょっと確認してもらっていいですか？」

朋哉に手招きされて歩み寄る。もしかしたら助けてくれたのかもしれないが、こっちはこっちで居心地はよくない。

「香希、しばらく俺んとこに泊めます。家もばれちゃったみたいなんで。男の舎弟みたいのが、香希のこと探してるらしいし」

パソコンの画面を見つめながら、朋哉が小声で言った。香希の元彼の件は、他のスタッフには話していない。顔の傷は転んだというありきたりな説明で納得してもらっていた。

「そうか。でも、おまえんとこじゃなくて、俺のところでも……」

「ここは、ばれたら職場までばれちゃうかもしれないでしょう。それに、光流さんと一緒に住むなんて、俺が妬《や》けます」

「は？　なに言って……」

この手の冗談はあれ以来言わなくなっていたのだが。

「ちょっとダメージ大きかったけど、やっぱ俺は俺だから」

朋哉はニヤッと以前と同じ笑みを浮かべた。懲《こ》りない男だ。俺も以前のままにスルーした。

「じゃ、香希のことは頼むけど。……逃げてばかりじゃ落ち着かないよなあ、香希も」

相手がヤクザでは軽はずみなことはできない。話し合いに乗ってくれるとも思えないのだが、向こうが諦めるのを待つだけというのは精神的にきつそうだ。

「今日、仕事終わってから、香希とちょっと話をするか……」

「俺も付き合います」

香希は今、接客中だ。プライベートのゴタゴタなど顔に出すことなく楽しそうに働いている。独りで突っ張って頑張っている人。香希はまさにそれで、放ってはおけないのは、俺の性分だ。

その日の夕方、陶製のドアベルが涼やかな音を響かせ、女性が入ってきた。

「こんにちは」

その艶っぽい特徴のある声には聞き覚えがあった。

「こんにちは。……え、陽子《ようこ》、さん？」

「あら嬉しい。覚えててくれたんだー」

忘れられるはずがない。俺と悠介が別れる原因になった人なのだから。

年齢は確か俺より二つ上だった。目鼻立ちのはっきりした白い顔に濡れたようなルージュが光っている。キャバ嬢をしていた頃は茶色だった髪は真っ黒になっていたが、肩のあたりでくるくるカールさせているのは変わっていない。

当時は休みのたびにホストクラブに来て、毎回悠介を指名していた。そして五年前、故郷の山形に帰り、今度は悠介がそれを追いかけていった——はず。

「久しぶりに東京に戻ってきたら、ヒカルがなんか変わった商売してるって聞いて、話したくなって、来ちゃった」

「あ、ありがとうございます。ちょうど俺今空いてるんで……こちらへどうぞ」

俺は自分の個室に陽子さんを通した。内心ではものすごく動揺しているのを押し隠して。

「あの……ずっと山形に？」

気になっていることの、外堀から質問で埋めていく。

「わあ、それまで覚えててくれたの!? 客商売の鏡ね。そうなの、ずっと父親の介護をしてたんだけど、半年くらい前に亡くなって。東京に戻ってきちゃった。私にはこっちの水が合ってるみたいなのよねえ。故郷はなんか、私にはきれいすぎたわ」

ずっと山形にいたということは、やっぱり一緒にはいなかったということか。

「悠介とは……?」

思わず核心を訊いてしまった。悠介には意地が先に立って訊けなかったこと。

いったいいつ別れたのか。結婚はしなかったのか。本当はすごく訊きたかった。

「悠介って、ユウのこと? なに、まだあなたたちって付き合ってるの?」

「え!?」

思いもかけぬことを言われ、絶句する。悠介はそんなことまで彼女に話していたのか。なんでも話してしまえる仲だったということなのか……。

負けはわかっていたはずなのに、敗北感に打ちのめされる。

しかし、それもすぐに陽子さんの言葉によって掻き消された。

「付き合ってたんでしょ? もう隠さなくたっていいわよ。ユウは『客とは付き合わない主義だ』とか言って、女たちをふりまくってたけど、私がしつこーく言い寄ったら、好きな人がいるって、本当の理由を教えてくれたの。それが誰かは言わなかったけど、私は思い当たることがあったのよね」

少し自慢げに陽子は言った。俺はわけがわからず、黙って話の続きを聞く。

「ユウって、冷めた顔がトレードマークみたいなものだったじゃない。でも、たまーにすごく優しい顔することがあったのよ。で、視線をたどると、いつもそこにヒカルがいるわけ。最初はさ、まさか相手が男だなんて思わないから、ヒカルのそばにいる誰かだと思ってたんだけど……ヒカルだったんでしょ？」

自信満々の問いかけ。それはたぶんその通りなのだろうが……じゃあ、どういうことだ？

陽子さんの言葉を信じるならば、悠介と結婚どころか付き合ってさえいなかったということになる。こんなことで嘘を言うとも思えない。悠介に頼まれた……なんてこともちょっと考えられない。

「陽子さんは悠介と付き合って……なかったんですか？」

改めてはっきりと確認してみる。

「嫌だ。私がふられまくってたの、あなた知ってたじゃない。恋敵《こいがたき》に愚痴ってたなんて、格好悪いったらないわよ」

「それは……すみませんでした」

頭を下げる。愚痴はいっぱい聞かされた。白々しい助言はしたくなくて、聞いて元気づけるくらいのことしかできなくて、心苦しかった。

「いいのよ。ヒカルならしょうがないかって、納得しちゃったのよねえ。美女とか美少年じゃなくて、ヒカルを選んだっていうんで、私の中でユウのポイントがまた上がっちゃったのよね。無駄に」

陽子は屈託なく笑う。まるで大昔のことを話しているように。

「じゃあ、一度も悠介と付き合ったことはないんですか？」

「ないわよ。なに？　ユウったら、浮気を疑われてるとか？」

「いや……もう、付き合ってないですけど」

「別れたの？　まさか私と浮気したとか誤解して？」

「誤解っていうか……悠介がそう言ったんだけど……」

「ユウが？　えー、なに言ってるのかなー？　私、別れる口実にされちゃった？」

「……そういうこと、ですかね……」

なにがなんだかわからないが、怒りと悲しさを戸惑いでくるんだような、複雑な感情が込み上げてくる。

「なんでそんな面倒なことしたのかしら。ヒカルって、そんな粘着質なタイプ？　見えないんだけど」

「俺もそうは思いませんけど」

わけがわからず二人して考え込む。嘘なんてつく必要はなかったはずだ。特別な理由などなく、もうおまえに興味がなくなったから別れてくれ、と言われたとしても、結局は納得するしかなかっただろう。その方が傷は浅かったかもしれない。

「ユウって……わっかんない男ねえ」

陽子がしみじみつぶやいた一言に、思わず噴き出してしまった。

「本当、わけわかんなくて、ものすごく面倒くさい男ですよ、あいつは」

二人でひとしきり笑って、陽子の介護の苦労話や、田舎のすごさを聞いているうちに、次の予約が入っている時間になった。

「あー、すっきりした。楽しかったわー。ありがとう」

「こちらこそ、楽しかったです。ありがとうございます」

本当は、胸の中にずっとわだかまりを抱いたままだったから、いつもより少し上の空だったかもしれない。

「でも惜しいわね。なんかお似合いだったのに」

陽子は最後にしみじみと、俺を見ながらそんなことを言った。

「あいつに俺はもったいないですよ」

冗談で話を終わらせ、陽子さんを笑顔で見送った。

頭の中がぐちゃぐちゃだ。いったいなにが真実なのか——。

わかっているのは、悠介がどうしても俺と別れたかったのだということ。嘘をついてまで俺と縁を切りたかったらしい。

そのくせ、まだ気があるような態度を取るというのは、どういうことなのか。

「本当、わっかんねー男」

気になるなら訊けばいい。いつもの俺なら、向き合って話をしているだろう。だけど、悠介のこととなるとどうも出足が鈍ってしまう。もう関係ないとか、あいつのことなんてどうでもいいとか、言い訳が先に立つ。

俺は、なにから逃げようとしているのか。なにを知りたくないのか。だけど、どうしても近づきたくない。過去の真相にも、今の悠介にも……。

そのまま自分の心は置き去りにして、仕事に戻った。

八

朋哉の部屋に入るのは少しばかり気後れがあったが、香希のためだと自分の背を押した。香希は恐縮し切っていたが、事情をちゃんと把握しないといざという時対応ができないからと説得して、全部吐き出させた。

香希は電話番号もメールアドレスも変え、仕事も、住む場所まで変えてしまえば、さすがに諦めるだろうと思っていたらしい。それだけ全部変えるというのは、そうとうなことだ。よほどヤバイ男だったのだろうと推測できる。

付き合っている時には執着も愛情に変換されるけれど、別れてしまえばそれは迷惑でしかなく、度を過ぎた執着はただの凶器だ。しかも相手がヤクザで、舎弟まで使って探しているとなれば、恐怖はいかばかりだったか。おちおち寝てもいられなかっただろう。

実際、香希は憔悴《しょうすい》していた。もう一度住むところを変えても、偶然はまた起こるかもしれない。見えない恐怖は消えない。それでも香希は、もう平気だとけなげに笑みを浮かべるから、俺ほどのお節介でなくてもきっとなんとかしてやりたいと思うだろう。

「本当、やめてください。こうして匿《かくま》ってもらって、話を聞いてもらって、それで僕は充分ですから」

止められれば俄然《がぜん》やる気になるのが、単純な男の性だ。

「任せとけ。なんとかしてくるから」

たいした策があるわけでもないのに胸を張る。相手はヤクザだ、危険だ、そんな声は自分の中からも聞こえるけれど、やってみなくちゃわからない、なんていう無駄な俠気《おとこぎ》が背中を押す。

とりあえず話をしてみる。まったく話ができない相手なら、警察に相談するしかない。

「香希は絶対来るなよ。俺ひとりで行くから。朋は外で見張っててくれ。ヤバかったら大きな音をさせるから、警察を呼んで」

「冗談じゃない。俺も一緒に行きます」

「いや、でもそれじゃ……」

「行きます」

朋哉は絶対に譲らなくて、俺が折れるしかなかった。

翌日の終業後、男が住むアパートへと出かければ、電気が点《つ》いているのが見えた。幸か不幸か男は部屋にいるようだ。

「朋、とにかく穏便に話を進めるから。でも、ヤバイと思ったら全力で逃げるぞ」

腕力で戦おうなどという気はさらさらなかった。

相手の男は、香希が家族とも疎遠で頼る人がいないと知っている。だから、香希には俺たちがついているのだと、香希に手を出したら黙っていない人間がいると、それをわからせるのが一番の目的だった。

本当に今でも好きで執着しているのか、他になにか目的があるのかも知りたい。それによって対処の仕方も変わってくる。

「なんだ、てめえら」

男を見た瞬間に、話は通じなさそうだと思う。香希の趣味を疑う……というか、最初はいい人だったとか、優しかったとか聞いた気がするが、いったいどこを見てそう思ったのか。明らかにヤバイ人オーラが出ている。なんでも好意的に受け取る香希の優しさが災いしたのかもしれない。修正教育をすべきなのか……長所と短所は紙一重だ。

「香希の友達です」

恐怖心をにこやかな笑みで押し殺す。一瞬驚いた顔をした男は、すぐにニヤッと嫌な笑みを浮かべた。は虫類系だな、と思う。香希は蛇とか好きなのかもしれない。

「ちょっと香希のことでお話ししたいんですけど、いいですか？」

男は快くという感じで部屋に通してくれた。玄関先で構わなかったのだが。

しかし、ワンルームなのでいざとなったら玄関までダッシュすればいい。相手はひとりだから、なんとかなるだろう。フローリングにラグが敷かれた普通の部屋で、白い窓枠が、男の背後で異彩を放っていた。

「で、なに？　香希の居場所を教えてくれるわけ？」

お茶など出るわけもないが、床の上に座らされ、ベッドに腰かけた男に見下ろされるのは居心地が悪すぎる。

「香希からは別れたと聞いてるんですが、違うんですか？」

穏便に事実を突きつけてみた。

「俺は納得してねえよ。あいつにはいろいろいい思いさせてやったんだ。投資した分、回収しねえで手放すなんて、俺はそんなお人よしじゃねえ」

「投資？　香希の方もけっこうあなたにお金を貸していたようですけど？」

「俺が借りた？　馬鹿言うな。あれは香希が使ってくれって自主的に差し出してたんだ。お返しのつもりだったのかもしれねえけど、まだ全然足りねえんだよ」

男は足を組み、下卑《げび》た笑いを浮かべる。香希のためにしたという投資がなんなのか知らないが、金でないのは確かだろう。香希は借金があるなんて言っていなかったし、この男も金だとは言っていない。そんな甲斐性がある男だとも思えない。

この男が本当に手放したくないのは、香希ではなく金。その方が話は単純ではあるけれど。

「足りないって……いくらぐらいですか？」

払う気はさらさらないが訊いてみる。男は指を一本立てた。

「まあ、香希だから負けといてやる」

「……一万円？」

「馬鹿か。桁《けた》が二つ違うだろうよ」

「百万ですか。そりゃ……強欲にも程があるってもんですね」

ムッとして、思わず言ってしまった。

「なんだと？」

「一年も香希に面倒見てもらったんでしょう？　もういいじゃないですか」

「てめえ、なにも知らないくせに。最初は田舎くせえガキだったのを、稼げるようにしてやったのは、この俺だ」

「なるほど。だから香希があなたみたいなのと一年も付き合ったのか……。でも、香希はもう愛想が尽きちゃったみたいだし、巣立っていくものに追いすがるのは格好悪いですよ。潔《いさぎよ》く手放してやるのも、男の甲斐性でしょう」

俺は潔く手放した……つもりだった。あいつは俺が育てたわけじゃないけど、付き合いはじめてどんどん明るくなって、生き生きとして……俺のおかげだと本当はちょっと思っていた。でも、それを盾にとって引き止めても、心が俺にないのでは意味がない。

「馬鹿言ってんじゃねえ。百万だ！　それでちゃらにしてやるって言ってんだよ。とっとと持ってこい！」

思わず我が身を重ねてしまったが、この男の場合はまるで事情が違う。香希は端《はな》から金づるでしかない。ヒモならば、せめて浮気をしないくらいの誠意はあって然るべきだろう。

勝手な男に対する怒りに、私怨《しえん》が少しも荷担していないという自信はないが、おかげで恐怖心はすっかり薄らいでいた。

「貢《みつ》ぐ価値のある男だと思ってもらえなくなったんですよ。もっと自分を磨いてはどうですか」

「なんだと、てめえ！」

激高した男に胸ぐらを摑まれる。穏便に話を進めるつもりだったのに、つい挑発するようなことを言ってしまった。話し屋失格だ。

「光流さん！」

朋哉が間に体を割り込ませ、男の手を剝《は》がしてくれる。

「邪魔だ、どけ！　ヤクザ相手に舐めた口叩いて、ただで済むと思ってねえよなあ？」

男は朋哉の肩越しに俺を睨みつけてくる。腕っ節には毛ほども自信はないが、挑まれると受けて立たずにいられない。

「朋、どけ」

「どきません」

朋哉は当然のように言い返してきた。目の前の背中は一歩も引く気配がない。

「どけっつってんだよ！」

男は朋哉の肩を押しのけ、俺に手を伸ばしてきた。朋哉がその腕を摑んで、俺の前で揉み合いはじめる。

「やめろ！」

割り込もうとしたのだけれど、二人とも俺よりでかくて弾き飛ばされてしまう。床に膝を突き、情けなさにしばし立ち上がれなかった。

「光流さん⁉」

俺に駆け寄ろうとした朋哉を男がはねのけ、その手が俺に伸びてきた。

「舐めてんじゃねえぞ」

凄んでくるわりに、顔には凄みがない。俺は違和感を覚えたが、飛ばされた朋哉はカッとなっていて、男の表情など見えていないようだった。

朋哉が男の胸ぐらを掴み、拳を振り上げる。瞬間、男の口元にニヤッと笑みが浮かんだ。

「殴るな！」

鋭い声に制され、今にも振り下ろそうとしていた朋哉の拳が止まった。声がした方に目を向ければ、玄関に立っていたのは、ひどく焦った顔をした悠介だった。

「悠介？　なんで……」

全員が驚いた顔で悠介を見る。

「香希くんが……俺に電話してきた。おまえらのことを心配して……」

二人では心許なかったのか。まあ確かに腕っ節の強そうな二人ではない。俺も朋哉も、穏便に話し合いで解決しようというタイプだ。それに対してこのヤクザ男では、心配するのも無理はないかもしれないが、なぜよりによって悠介なのか。弁護士だからなのか、ただ頼りになると思ったのか。

「なんだ、てめえは！」

男は邪魔に入った悠介に向かって凄む。今度ははっきり頭に来ている顔で。

「常磐会系《ときわかいけい》井村組《いむらぐみ》の田中道夫《たなかみちお》さんですね。恐喝、詐欺で前科二犯。狡猾でせこい金儲けがお得意だと聞いていますが……間違いなさそうだ」

悠介は動じることなく淡々と述べた。男の方が怯んだ顔になる。

「井村組というのは本当に――消えてしまえばいいような人間ばかりいる」

悠介の顔が一気に険しくなって、吐き捨てるように言った。

「わざと殴らせて治療費を請求するつもりだったのか？」

悠介が問えば、男はへらっと笑う。

「なんの話だ」

「いくら相手がヤクザでも、二対一だし、殴られていない段階で殴ってしまえば、過剰防衛になる可能性もある。狙いは示談金か」

悠介は断定的に突きつけた。それを聞いて、さっき見た男の顔に納得がいった。誘われていたのだ。あの短時間に、俺にちょっかいを出せば、朋哉がカッとなると見抜いてやったのなら、香希を騙して取り込むくらい、わけなかっただろう。

男は答えず、悠介は土足で上がり込んできて、俺と朋哉の前に立った。

「俺はあんたの入室を許可した覚えはないが」

法律に関してかなり明るいようだ。なにかしらでつけ込んで、金を取るためなのだろうが。

「訴えればいい。こちらも香希くんに対する傷害と恐喝での告訴が可能だと考えている。正々堂々戦ってやるよ」

「あんた……何者だ」

「俺は長谷部悠介、弁護士だ」

「弁護士……」

「井村組長に訊いてみろ。まだ俺の名前を覚えているだろう。次は組ごと潰してやるから、そう思え――と、伝えておけ」

悠介は呪詛《じゅそ》のごとく言い捨て、男は明らかに気色《けしき》ばんでいた。

どれほど恐ろしい顔で男を睨んでいるのかと思ったが、振り返った悠介はいつもとそう変わらぬ顔をしていた。普通に冷たい顔。

「もうこの男に用はない。まだ絡んでくるほど馬鹿なら、徹底的に叩き潰す」

その声も特に凄みがあるわけではなかったが、ちょっと底の知れない怖さはあった。昔、悠介が背負っていた闇。それが垣間《かいま》見《み》えた気がした。その頃の悠介を知らない朋哉は、驚いた顔で悠介を見ていた。

出て行く俺たちに、男はもうなにも言わなかった。狡猾なだけに冷静な状況判断ができるのかもしれない。アパートの外に出ると、黒のセダンが若干迷惑な感じに横付けされていた。

「おまえたちは、車か?」

悠介に問われて首を振る。

「じゃあ、乗っていけ」

「……これ、おまえの?」

「ああ」

悠介らしくない停め方。慌てて来てくれた、なんて……喜びたくはないのだが。

特に断る理由もなく、少し話もしたかったので乗っていくことにする。朋哉と二人で後部座席に乗り込むと、悠介は少しばかり不満そうな顔をして発車させた。

「香希が、おまえに電話したのか？」

「ああ。前に事務所に行った時、少し話を聞いてたんだ。法律的にどうなのか訊きたかったみたいで。だから男のことは調べていた」

「そうか……」

俺より先に悠介に相談していたというのは、少なからずショックだった。

「おまえに言えば、動いてくれると思うからこそ言えなかったんだろう。実際、おまえらは動いてくれた。だけど、相手が相手なだけに本当にこれでよかったのか、不安になったみたいで、俺に電話をくれた」

落胆を見て取ってか、悠介はそんなフォローを入れる。

結局、香希の判断は正しかった。悠介が来なければ相手の思う壺《つぼ》になっていただろう。

「助かったよ。ありがとう」

俺は素直に礼を言った。

「ありがとうございました」

朋哉も渋々という感じで礼を言う。

「別に……俺は俺の仕事をしただけだ。多分に私怨も入ってたしな」

「私怨って？」

「……嫌いなんだよ、ヤクザが」

そういえば、組長に訊けとか言っていた。前に組がらみの仕事をしたのかもしれない。

「香希くんの件は、できるだけのことをしてみる。もしなにか嫌がらせみたいなことがあったらすぐ俺に言ってくれ。対処する」

「あ、ああ。それは頼む」

言ったけれど、できれば悠介の助けは借りたくなかった。今も助けられたことに複雑な気分なのだ。

「仕事だからな。変な意地を張ったりするなよ」

「わかってるよっ」

内心を読まれたみたいで、思わずムッとして強い声を出してしまう。

「こういうのって、いくらとか決まってるのか？」

仕事だというなら料金も発生して然るべきだろう。

「顧問料の内だ」

「あの顧問料でこんなことまでやってくれるのか、ずいぶんサービスがいいんだな」

嫌味ったらしく言ってみた。

「まあ……俺個人のつけを払ってるってところもある」

「はあ!?　つけなんかないし、これも借りにはしない。払うから、請求しろ」

バックミラー越しに運転している悠介を睨みつける。

「そう言われても……。じゃあ、光琉と二人きりでのディナーをお願いしようか」

悠介はちらりと視線を上げ、ミラー越しにニヤッと笑った。

そんなことを言ってくるとは思わなくて返答に詰まる。朋哉が憮然《ぶぜん》とした顔で俺を見て、前の座席を睨みつける。が、なにも言わなかった。

「いいだろう。奢《おご》ってやる」

そう言うしかなかった。俺から言い出したことだ。それはイヤだなんて注文をつけるのも格好悪い。

悠介はニヤニヤしていて、俺は困惑していて、朋哉は明らかに不機嫌で……車の中の空気は混沌としていた。食事の日時はまた連絡すると言って、朋哉の家の前で降ろしてもらう。

「すみません、光流さん」

部屋に入る前に朋哉が頭を下げてきた。

「なにが?」

「俺が挑発に乗ったから。ユウさんに借りを作って、その代償を光流さんに払わせることになっちゃって」

「違うだろ。おまえが謝る理由なんてどこにもない。一緒に来てくれて心強かったし、おまえが殴らなくても、俺が殴ってたかもしれない。それに悠介のあれは……別に飯を奢るくらいどうってことない」

「俺はどうってことあるんだけど……」

結局、朋哉は悠介に助けられてしまったことが悔しくてならないのだろう。そのせいで俺があいつと食事をすることになったのも。

「これで香希が安心して笑えるなら、全然たいしたことじゃない。だろ？」

「それは、まあ……そうですけど」

無血開城。被害は最小限に終わらせることができたのだ。暗い顔をする必要はない。

「ほら、笑顔で行くぞ。香希がきっと泣きそうな顔で待ってる」

「はい」

香希の前に出ると、朋哉は元ナンバーワンらしいさすがの笑顔を浮かべた。心ない作り笑顔と言う人もいるだろうが、誰かのために浮かべる笑顔に心がないなんてことはない。自分の心にそぐわなくても、笑顔は浮かべることに意味がある。

笑顔の人を増やしたい——俺のそういう経営理念を一番わかってくれているのはきっと朋哉だ。ずっと一緒に仕事をしたいけれど、いつかは離れていくだろう。もし俺が悠介を選べば、その瞬間に失うかもしれない。

悠介を選ぶなんてないけれど、朋哉を選ぶこともないから……いつかはいなくなる。仕方のないことだとわかっていても、胸が痛んだ。

すっかり喪失の痛みに弱くなってしまって……それもすべて元凶の男のせいにした。

それから一週間。今度は朋哉が香希の家に泊まり込んだが、舎弟が見張っているというような気配は感じられないらしい。男は手を引いたのか、しつこそうだったわりに拍子抜けだ。もしかしたら悠介がなにか手を回したのかもしれないけれど。

その辺のことはもうすぐわかる。

仕事が終わって、俺は個室の掃除をしながら香希が戻ってくるのを待っていた。各々の個室は、終業後か朝に各自で掃除をすることになっているのだが、俺は朝があまり強くないので、終業後にやる派だ。どうせ住まいはここの二階だし、特に趣味もないのですることもない。

恋人でもいれば違うのだろうが……などと考えて、性懲《しょうこ》りもなく悠介の顔を思い出す自分に辟易《へきえき》する。

前にも後ろにも足を踏み出せずグダグダして……俺はこんな性格じゃなかったはずだ。前を向けとあいつに説教したのはどこのどいつだ。いい加減、吹っ切らなくてはいけない。

悠介はあの後、食事のセッティングは自分がするからと連絡してきたきりだった。

「光流さん――」

最後にテーブルを拭いていると、朋哉が部屋に入ってきた。

「終わったのか?」

「掃除は終わりました。……光流さん、食事いつ行くんですか?」

「いや、それはまだ。あいつも忙しいんだろ。このまま流れたりしてな」

朋哉は自分の失態のせいで二人きりの食事なんていう事態を招いてしまったことを、かなり気に病んで、悔やんでいるようだった。だから努めて軽い調子で返したのだが。

「それは絶対ないですよ……」

朋哉の口から重い溜め息が漏れる。

「だからおまえは気にすんなって。飯食うだけなんだから」

「それがイヤなんじゃないですか。くすぶってる焼けぼっくいに自ら点火って、どんだけ馬鹿なんだか」

「火なんか点《つ》かねえよ」

くすぶってるという表現は間違いではない気がするが。

「俺は……光流さんが幸せになれるんなら、諦める気でいるんですよ。できるかどうかは別として……。だけど、今の光流さんはおかしい」

朋哉はどんどん前進してきて、なぜか壁際に追いつめられる。目の前の真剣な瞳は、ただ俺を心配してくれているのか、迫ってこようとしているのか、判別できない。

「俺はおまえに迷惑ばっかかけてるのに……おまえは本当、優しいな」

「迷惑ばっかりなんてこと、ないです。光流さんは人にしてやったことはすぐ忘れるから……ていうか、してやったっていう気もないんでしょ。俺は光流さんにいっぱいもらってます。だから絶対、幸せになってほしいんです。本当は、俺が幸せにしてやりたいんだけど……」

それっきり、朋哉は声を詰まらせ、うつむいたまま動かなくなった。

「俺もおまえにはいっぱいもらってる。ごめんな。俺にもおまえを幸せにしてやることはできないんだよな……」

大事な人が必ずしも愛する人になるわけではなくて。恋に発展する人と、発展しない人との違いはどこにあるのだろう。

「俺は本っ当に、ユウさんが妬《ねた》ましくて憎らしくてたまりませんっ！」

朋哉はいきなり顔を上げたかと思ったら、そんなことを怒鳴った。

「いや、だからよりを戻すとか言ってないし……」

気圧されつつ言い返す。

「さっさと戻せばいいんじゃないですかっ。俺はもう、溜め息ばっかりついてる光流さんなんて見たくないんです！」

非難するような言葉の中に優しさを感じ取る。

「朋……」

「俺に遠慮しなくていいですよ。目いっぱい嫌がらせしまくりますから」

「朋……くん？　俺は本当によりを戻す気なんて……」

「へえ。じゃあ、遠慮なく迫ります」

言った途端に顔が寄ってくる。

「いやいや、待て待て。そうじゃなくて」

「今のままじゃダメです。ユウさんは気に入らないけど……。俺は仕事のパートナーってポジシヨンでとりあえず引き下がります。未来がどうなるかなんて誰にもわからない――って、これは光流さんの受け売りですけどね」

朋哉は両手を壁に突き、俺の目前に顔を寄せて、ニッと笑った。

「仕事のパートナーではいてくれるのか？」

「そこは譲りません」

「そうか……」

俺はホッとして、無意識に笑顔になっていた。

「光流さん、襲われたくないなら、俺の前でそんな可愛い顔しちゃダメですよ」

耳元に囁かれ、からかわれているのかとムッと口を曲げる。

「俺が可愛いわけあるか」

香希のようなのを言うのだ、可愛いというのは。

「わかってないなあ……。光流さんは気を抜いた一瞬に、すごく可愛い顔するんですよ。ぎゅうっとしたくなるんです」

言うやいなや、ぎゅうっと抱きしめられる。

「おい、朋、てめっ……」

朋哉の笑い声と、その腕の力で冗談だとわかったから、スキンシップへの苦手意識も湧かず、おふざけに付き合って抵抗する。自分をふった相手を気遣って、冗談で紛らわせようとしてくれる、そんな朋哉の優しさが少し苦しかった。

慕われるのは単純に嬉しい。でも、朋哉がいつか誰かと幸せになることを心から願っている。朋哉に抱いているこの感情はたぶん、弟に向ける感情に似ているのではないかと思う。俺には兄弟がいないから、定かにはわからないけれど。

朋哉に限らず、ここのスタッフはみんな俺の家族だ。励まされたり、叱咤《しった》したりされたりしながら、手探りでここまでやってきた。ひとりでは乗り越えられない壁も、ずいぶんあった。

本当はひとりも欠けてほしくないが、ずっと一緒なんてあるわけない。本当の家族だって、そうなのだから。

だから人は、どうしてもこの人とだけは離れたくない——そう思ったら、結婚という契約をするのだろう。

「あの……」

声が聞こえてハッと見れば、香希がドアを開けて固まっていた。

「ああ、香希、終わったのか?」

俺は朋哉を押しのけて笑顔で訊ねた。朋哉もあっさり俺から手を離し、なにもなかったような顔で香希に向かう。

「あ、はい! ありがとうございました。私用なのに、就業時間中から行かせてもらっちゃって……。光流さんも朋さんも、ご迷惑おかけしました」

香希は俺と朋哉に深々と頭を下げる。朋哉ができのいい弟なら、こっちは可愛い弟。愛嬌《あいきょう》のある笑顔に巣くっていた翳《かげ》りは、だいぶ薄くなった。

香希は悠介のところへ事後報告を聞きに行っていたのだ。事務所のテーブルに移動して、香希からその内容を聞く。

悠介はいろんな方面から手を回し、男に香希から金をむしり取ることを断念させたらしい。近寄らないという一筆まで取っていた。

『もし、まだなにか言ってくるようだったら、自分に言えって。長谷部さんが』

浮き浮きと悠介の名前を口にした香希になんだかイヤな予感がした。頬がいつもより上気しているように見えるのは、外から戻ってきたせいだと思うのだけれど。

「……よかったな」

「はい。これもお二人と長谷部さんのおかげです。僕もアンも、これで安心して夜眠れます」

アンというのは香希が飼っている猫の名前だ。

「もうあんな男に引っかかるなよ。初対面で優しい言葉を吐く男なんて、絶対信用ならないんだから」

打算もなくそれができる男もいるにはいるのだろうが、香希みたいなのは基本的に疑ってかかった方がいいのだ。なんて……これはもう兄というより、父親の心境ではないのか。

「僕、早くに父を亡くしちゃってるから、どうも歳上の優しい男性に弱くて。でも、本当に優しい人は、おまえのためなんてあまり言わないんだって、お二人を見ててわかりました」

邪気《じゃき》のない笑みを向けられ、ほわっと絆《ほだ》される。囲い込みたくなる男の気持ちがわかってしまった。この笑顔は天然なのだろうが、計算なら香希はたいした小悪魔になれるだろう。

「いや、そうとばかりも限らないし……。結局はハートで感じ取るしかないっていうか、要は勘と経験だ。おまえ可愛いんだから、気をつけろよ」

頭をポンポンと叩く。

「なんか光流さんに可愛いって言われると嬉しいなあ」

香希にほわんとした笑顔を向けられ、こっちが嬉しくなってしまう。本当に危なっかしい子だ。いい人に出会ってくれればいいのだけれど……。

「香希ー、光流さんにちょっかい出してんじゃないぞ」

それまで黙って様子を見ていた朋哉が、憮然と口を挟んだ。

「ちょっかいっておまえ、俺は香希のタイプじゃねえだろ、間違いなく」

一緒にあのごつい男を見てきたのだからわかりそうなものだ。

「俺だって別にタイプじゃなかったですけどね」

ボソボソと朋哉が言った言葉は聞こえないふりをした。

「いいなあ、二人は仲良くて。僕も男を見る目、磨かなくっちゃ。……あの、光流さん。長谷部さんはどうなんですか？」

「ど、どうって……」

いきなり悠介の話を振られて、俺は返す言葉に詰まった。

「僕は素敵な人だなあって思うんですけど、実際はどうなのかなって。……僕の見る目、また間違ってます？」

ますます困ってしまう。予感的中か。あれは恋のフラグだったのか。

「間違ってはないけど……あいつはわがままだし、頑固だし……面倒くさいぞ」

マイナス面を並べ立ててしまったのは、父の心境ゆえ。だと、思いたい。

「でも、大事にしてくれそうな感じがします」

「それは……そうかもな」

香希と悠介の並んだ図を想像すると、男同士だということに頓着《とんちゃく》しなければ、とてもお似合いのように思えた。胸がチクチクするけれど、朋哉がこっちを見ているから、笑みを崩さない。

「あれだけの男前に大事にしてもらえるんなら、多少の頑固さも面倒くささも全然ＯＫですよ。っていうか僕、そういう人好きだし。ちょっと本気で頑張っちゃおうかな。光流さんのお墨付きなら安心だし。でも、ゲイじゃないよなあ……」

恋に失敗して傷ついたばかりだというのに、このアクティブさはどうなのだろう。捨てられて五年もくすぶっていた俺とは大違いだ。

可愛くて、前向きで、けなげで……俺よりずっと悠介との相性はいいように思える。悠介はゲイじゃなかったはずだが、俺と付き合っていたのだから可能性がないわけじゃない。それを教えてやれば、香希は喜んで誘いをかけるのだろう。悠介も俺を追いかけて罵声《ばせい》を浴びるより、素直な好意を向けられた方が嬉しいに決まっている。でも――。

「あいつは……ダメだ」

無意識に口にしていた。

「え、なにかまずいところが？」

くりくりしたきれいな目で問われて、返答に困る。

悠介のことをわがままなんて言ったけれど、それは俺もだ。あいつは俺のものだ、なんて言いそうになってしまった。

「いや、なんでもない……」

よりを戻すつもりもないのに、なんの独占欲なんだか。俺に香希を止める権利なんかない。悠介が香希を選んだとして、責める権利もない。

でも、俺は思いたがっている。あいつは俺以外好きにならない、自分しか幸せにしてやれない、なんてことを。

やっぱり悠介とちゃんと話をして、過去のことも現在のことも、はっきりさせないといけないのだろう。さっさとけりをつけないと、どんどん自分が嫌いになってしまう。

今度会ったら、全部話をしよう。あいつの気持ちを聞いて、俺の気持ちを告げる。

俺は悠介からの食事の誘いを、複雑な思いで待った。

九

悠介から誘いがあったのは、その翌日のことだった。

今夜どうだ？　と言われて了承したが、食事の場所を訊いても「迎えに行くから」とはぐらかされた。車に乗った後も、着けばわかると言われて、なにかイヤな予感はしていたのだけれど。

「ここ、かよ……」

「ここだよ。おまえはイヤがるだろうと思ったけどな……。まあ、嫌がらせだ」

ニヤッと笑う顔に一瞬昔の悠介がダブった。

「なんで俺が嫌がらせされなきゃいけないんだよ……」

ブツブツ言いながら車を降りる。

一緒に住んでいた頃、二人でよく来た店。なにせマンションはこの裏にあったのだ。今もマンション自体はそこにあるけれど、あの部屋には当然違う誰かが住んでいる。

マンションを視界に入れないようにして店の前に立った。蔦《つた》が絡まるレンガ造りの洋食屋は、時代に取り残されたように、なにも変わらぬ風情でそこに佇《たたず》んでいた。

ここのビーフシチューが恋しくなかったと言ったら嘘になる。いい想い出しかないからこそ、来たくても来られなかった店。

悠介が前に立ってドアを開いた。懐かしいカウベルの音が響いて、ランプの優しい灯《あか》りに迎えられる。静かに流れるクラシックの音色も、ウォールナットのカウンターもテーブルセットもあの頃のまま。タイムスリップしたような気分になる。

しかし、ここに来る時はだいたいラフな格好だったから、前に立つ悠介のスーツの背中だけがあの頃と違った。

「いらっしゃーい！　……あら？」

五年前よりも若干丸くなった奥さんは驚いた顔で俺を見る。悠介には驚かなかった、ということは、今も来ているということか。……誰かと。

「久しぶりねえ、光流くん。ますますいい男になって……嬉しいわあ」

奥さんは客商売の鏡のような屈託ない笑みを浮かべた。奥の厨房から店の主人も顔を出す。

「ご無沙汰《ぶさた》してます」

なんと言いようもなくて、ただ笑顔で頭を下げる。いきなり来なくなったことをどう思っていたのか。悠介がなにか無難な説明をしているだろうけど。

窓際の一番奥、「いつもの席」に通されて、居心地の悪さはマックスに達した。

「どういうつもりだ、おまえ」

向かいに座る涼しい顔を睨みつけ、小声で文句を言った。

「だから、嫌がらせ」

「てめえ……」

「嘘だよ。マスターたちが会いたそうだったから連れてきただけ。久しぶりに会ったお友達って顔をしていればいい」

そういう説明をしたのだろう。男二人で頻繁《ひんぱん》に来ていて、突然来なくなって……。はたしてただの友達だと思われていたのかは謎だけれど。

「おまえ、いつからここに来てたんだ？」

「二年くらい前に、あの法律事務所に就職してから、だな」

「ふーん」

それまで山形にいたのか？　なんて、何食わぬ顔で訊いたらどう答えるだろう。

訊かなかったのは、場にそぐわないからと、嘘の返事を聞きたくなかったから。他にも訊きたいことはいっぱいあった。だけどそのどれも、沈黙を埋めるための話題には適さなかった。悠介の返事を聞いて、取り乱さずにいられる自信のあることが少ないのだ。

「俺、ビーフシチューのセットで」

メニューを見るまでもない。迷いなく注文する。

「そう言うだろうと思った」

悠介は笑ってオムライスを注文する。

「おまえもそればっかりじゃん」

俺はいろんなものを試した末に行き着いたビーフシチューだが、悠介は最初にオムライスを食べて、よほど気に入ったらしくそればっかりだった。

「母親の得意料理だったんだよ、オムライス。その味にすごくよく似てるんだ」

「そんな話、初めて聞いたぞ」

「母親の話は封印してたからな」

「……解禁したんだ？」

「ああ。俺の中で、片が付いたから」

そう言うということは、聞いてほしい気持ちがあるのだろう。でも、たぶんそれは、悠介の秘密主義の根っこ。諸問題の原点。それこそ食事しながら……なんて話題では、きっとない。

「悠介、この後……話がある」

悠介も話したいのならちょうどいい。目を背けていたすべてに向かい合う決意を、眼差しで告げる。

「ここではダメな話か？」

悠介が覚悟の程を訊いてきて、俺は頷いた。

「わかった」

悠介も神妙な顔で頷く。

「はーい、お待たせしましたー」

そこに明るい声が割り込んできた。テーブルの上に置かれたビーフシチューにすっかり心奪われた……ふりをする。もちろん酸味と深みのミックスした絶妙な匂いも、ごろっと入ったビーフのとろとろ具合も垂涎《すいぜん》ものだったが、心は半分上の空だった。

オムライスの黄色と赤の素朴なコントラストは、確かにお袋の味的なノスタルジーを感じさせる。

俺も九歳までは母親の手料理を食べていたはずだが、味なんてまったく記憶になかった。覚えているのは明るい笑顔だけ。同じ笑顔で自分も笑えているといいと思う、俺のお手本だ。

ビーフシチューを口に含めば、久しぶりの味が口の中に広がって、食べていた頃の記憶がよみがえった。味覚というのは、けっこう脳に深く働きかけるものなのかもしれない。

この味が呼び起こす記憶は幸せなものばかりだ。いつも向かいには悠介がいて、顔を上げれば目が合った。だけどそういえば、オムライスを食べている時の悠介は、少し心ここにあらずだったかもしれない。

「相変わらず、美味しいですね」

もやもやと渦《うず》を巻く感情に、明るい声で蓋をする。

「ありがとう。光流くんはいつも美味しそうに食べてくれるから、こっちまで嬉しくなるわ」

「いや、本当に美味しいから」

そんなやり取りを聞きながら、悠介はオムライスを口に運び、小さく微笑んでいた。その表情は古い視界とはダブらない。似たような表情を見た気はするが、なにかが違う。いや、違っていて当然だろう。五年だ。それだけ歳を重ねれば、誰だって変わる。立場も、感情も。

俺だって変わったはずだ。あの頃とは違う。違うけれど……。

「ごちそう様。じゃ、行くか」

込み上げてくる感情を振り切るように、水を一口飲んで立ち上がった。一緒に食事して金を払うまでは俺の責務。さっさと終わらせようと伝票に手を伸ばしたら先に取られてしまう。

「え、おいっ」

俺が奢らなくては意味がない。

「お礼なんていらないんだ。ただ俺が、おまえとここで飯が食いたかっただけなんだから」

「いや、でも、待て」

悠介が差し出した札を奥さんは受け取る。

「いいじゃない、光流くん。奢られておけば」

ここで揉めても、迷惑をかけるだけだと一旦引いた。

「また来てね」

「はい。またぜひ」

今度はひとりで……と、心の中で付け足した。

外に出て、悠介を引き止める。

「絶対奢られてなんかやらねえぞ」

さっき悠介が支払った分の札を突きつける。

「いいって言ってるのに……相変わらず頑固だな」

「うるさい。弁護士先生より稼ぎは少ないかもしれないが、俺だって社長なんだからなっ。っていうか、そもそも俺が奢る約束だっただろ」

「だからそれは――」

店の前で押し問答をしていると、暗がりに気配が動いたのを感じ、二人ともそちらに気を取られる。

車の通りの少ない裏路地。車が離合できるくらいの道幅はあるが、中央線は引かれていない。そんな道の反対側、外灯の光が届くギリギリのところに、中年のやせた男が立っていた。ワイルドと言えなくもない顔だが、ギラギラした目は狂気をはらんで、自衛本能を刺激する。その目は悠介だけをじっと見据えていた。

「久しぶりだな、弁護士先生。俺のこと、覚えてるか?」

知り合いらしいが、いい方向の知り合いでないことは、双方の表情を見ればわかる。男はニヤと笑い、悠介は見たこともないほど険しい顔で男を睨んでいた。

「もう忘れた、と言いたいところだが、残念なことに覚えてるよ」

悠介はそう言って、俺に「帰れ」と肩を強く押した。

「いや、でも」

金も受け取ってもらえていないし、この険悪な状況を見て帰れるわけもない。

「いいから帰れ。金の件はまた後日だ」

押されて二歩ほど離れるが、歩き出せない。

「俺も忘れられなかったぜ。忘れられるわけねえよなあ。もう少しで自分の組だって持てたってのに……てめえのせいで、俺の人生はボロボロだ」

男は悠介に向かって足を踏み出した。それと共に、金属がアスファルトに擦れる嫌な音が響いた。外灯のぼんやりした光をギラリと跳ね返したのは、男の手に握られた長さ一メートルほどの鉄パイプだった。

「おまえの人生がボロボロなのは俺のせいじゃなくて自業自得だろう。何人の人生をボロボロにしたと思ってる」

悠介は鉄パイプにも怯むことなく、弁護士然と言い返した。

「自業自得ね。じゃあ、借りた金を返せなくなって、ノイローゼで息子残して首吊っちまうのも、自業自得なんじゃねえのか?」

「てめえ!」

薄笑いを浮かべて言った男の台詞に、悠介は一瞬でキレた。飛び出そうとした悠介の腕を俺は慌てて摑む。

「待て、悠介」

こんな悠介を初めて見た。相手は確実にヤクザ者で、鉄パイプを所持している。かなり個人的恨みも深そうで闇雲《やみくも》に飛び込むのは危険だ。そんなことはわかっているだろうに。

「おまえは帰れ!」

「帰れるわけねえだろ!?」

怒鳴られて、怒鳴り返した。悠介の眉間にぎゅっと深い皺が刻まれる。

「おまえがそんなだから——。とにかく、おまえには関係ない。邪魔だ」

突き放されて、嫌な記憶がよみがえる。おまえはもういらない——そう言われて引き下がったのは、それで悠介が幸せになると思ったからだ。

「目の前でこんなことやられて、関係ないもクソもあるか！」

本当に腹が立つ。見ず知らずの人でも放っておけないこの状況で、俺が悠介を置いて逃げるなんて本気で思っているのか。

「てめえらぐだぐだうるせえぞ！　俺はなあ、てめえのせいで親父に見限られたんだ。……おまえをやれば、また親父の片腕に戻れるんだよ！」

男は鉄パイプを掲げて悠介に迫ってきた。

「戻れるわけないだろ。あの組長はずっとあんたを切る機会を狙ってたんだ。いなくなってせいせいしたって顔してたぜ」

悠介は俺から離れ、男との間合いを計りながら、冷静な声で挑発するようなことを言う。抑えようとしても抑え切れない男への激しい憎しみが垣間見える。

「俺におまえの居場所を教えたのは親父なんだ。田中に向かって偉そうに名乗ったそうじゃねえか。ヤクザが何度もコケにされて黙ってると思ってんのか！」

男は鉄パイプを振り上げ、悠介に襲いかかる。それを悠介は腕で受けた。

「都合よく利用されてるだけだって気づけよ」

「うるせえ！　とにかくてめえはっ、気に入らねえんだ！」

男は鉄パイプをブンブンと振り回し、まったく手加減する様子もなく振り下ろす。悠介がそれを避ければ、キンッとアスファルトを叩いて、火花が散った。

「光流、頼むから逃げろ！」

悠介は焦った様子で怒鳴り、俺は走って洋食屋に飛び込んだ。警察への通報を頼んでとって返せば、転んだ悠介の上に鉄パイプが振り下ろされようとしていた。

「悠介！」

男を突き飛ばすと、今度は俺に攻撃が向かってくる。頭を庇《かば》った腕に鉄パイプが降ってきて、激しい痛みが走った。

逃げようと後ろに引いた足が路面に引っかかり、しりもちをついてしまう。そこにまた鉄パイプが降ってきて、しかし今度は腕を出すのも間に合わない。

ぎゅっと目を瞑《つむ》れば、体の上になにかが覆い被さった。

「くっ」

頭上で呻《うめ》き声が聞こえ、目を開けたがなにも見えない。だけど自分の上に被さっているのが悠介だということはわかった。鈍い音がするたび、俺の頭を抱く腕に力が入る。鉄パイプは繰り返し悠介の上に振り下ろされているようだ。

「悠、手を離せ、逃げろ！」

「嫌だ。死んでも離さない。もう二度と――離さない！」

なおさら強く抱きしめられた。

「馬鹿野郎！　死んじまったら終わりなんだよ！」

無理やりその体を押し戻し、体勢を入れ替えた。悠介はもう腕に力が入らないのか、仰向けに路上に転がる。

「悠介、悠介！　……クッソォ！」

苦しげに眉を寄せた悠介を見て、カッと頭に血が上った。

振り返ると、男が再び鉄パイプを振り下ろそうとしているところで、反射的に男の腹に体当たりする。男は路上に転がり、俺は慌てて悠介の下《もと》に戻った。

「悠介、大丈夫か!?」

ぐったりしている体を抱き起こす。

「ああ、大丈夫だ」

「……おまえ、なに笑ってんだよ」

「この距離感は久しぶりだと思って……」

「なに言って――」

眉を寄せた頭をいきなり抱き寄せられた。なにが起こったのかと腕から頭を抜けば、鉄パイプを摑んでいる悠介の腕が目の前にあった。俺の頭を片手で抱き寄せて、振り下ろされた鉄パイプを逆の手でキャッチしたらしい。なかなかの神業《かみわざ》。

そこに、近くの交番から駆けつけたのか、白い自転車のお巡りさんが二人やってきた。

男が鉄パイプを放棄して逃げようとするから、俺は反射的に足を摑んだ。ゲシゲシと踏みつけて逃げようとする男を、お巡りさんと一緒になって取り押さえる。

男は傷害の現行犯でその場で逮捕された。

「大丈夫!?　大丈夫なの、二人とも？」

奥さんが心配そうに店から出てきた。

「大丈夫です。通報、ありがとうございました」

腕はジンジン痛んだが笑顔で礼を言う。散々殴られたはずの悠介は、首を押さえながらお巡りさんに状況を説明していた。

「光流、病院行くぞ」

有無を言わさず悠介の車で病院に連れて行かれる。俺は腕の打撲で全治一週間の診断を受け、悠介はいろいろ殴られていたので精密検査をして、全治三週間を言い渡された。

しかし、特に重篤《じゅうとく》なことはなく、治療と言っても湿布を貼る程度だった。ただ、この診断が量刑に響くので重要なのだそうだ。「できるだけ長くムショにぶち込む！」ために。

もう遅いので、警察の詳しい聴取は明日でいいということになった。

「あの男はいったいなんだ？　香希の元彼の関係者か？」

悠介の車に乗り込みながら訊ねる。それ関係のトラブルなら、俺にだって無関係じゃない。

「同じ組にいた男だが、あいつが俺を襲ってきたのは香希くんの件とは関係ない。俺の個人的な問題だ。……おまえを巻き込んで悪かった」

エンジンをかけながら悠介は頭を下げる。

「本当に悪いと思ってるなら、その個人的な問題ってやつを全部話せ」

元々全部話させるつもりだったのだけど、思いもしない展開になった。しかし、洗いざらい話させるにはよかったのかもしれない。

眼差しを鋭くして迫れば、悠介は溜め息と共に大きく息を吐き出した。

「おまえだけは巻き込みたくなかったのに……確かにこれは、悪魔のいたずらなのかもしれないな。……わかった。全部話す」

車はそのまま出発地だった洋食屋へ。そこを少し通り過ぎてマンションの駐車場へと入った。

「え、ここって……？」

たどり着いたのは五年前まで一緒に暮らしていたところ。

「同じ部屋が空いてたから、借りたんだ」

車を降りて、エレベーターで上がる。七〇七号室。本当にまったく同じ部屋。

「気持ち悪いだろ。引きずりまくってんだよ。本当、自分でも呆れるくらい……。俺にとってあの二年間は宝物だった」

くそ、なんだ、ドキドキする。これは……嬉しいのか。

なんだか気恥ずかしくて、目を合わせられないのはお互い様のようだ。

懐かしい部屋に足を踏み入れる。同じ部屋だが、もちろん家具は違うし、ひどく殺風景だった。同じなのはテレビとソファの配置くらい。窓の外の景色も同じなのだろうが、今はカーテンが引かれていてなにも見えなかった。

「宝物なんて……おまえには捨てられる程度のものだったんだろ。今さら拾ったって遅いんだよ」

「確かに、遅かったたな。一番大事なものがなくなってて、虚しいだけだった」

悠介は力なくソファに座った。二人で座るには余裕のあるソファの右端に。俺はその左端に座る。以前もそう座っていたけれど、間に空いた微妙な距離は、昔はなかったものだ。

「先週、陽子さんがうちの店に来た。懐かしいって、いろいろ話していったよ。俺はもう……なにがなんだかわからなくなった。おまえの言葉は信じられないけど、とにかく全部話してみろ。っていうか、話せ」

「……わかった」

信じないと言いながらも、これから悠介が話すことに嘘偽りはないだろうと思う。ここまで来てまだ虚飾で塗り固めるような奴なら、もう二度と会いたくない。

「俺の母親は、俺が高校一年の時に死んだんだ。……自殺だった。首を吊って」

真っ直ぐに前を見据えて悠介は話しはじめた。

高校生の時に母親が死んだということは聞いていた。それからずっと独りなのだと。だけど自殺だとは知らなかった。

「そういや、さっきの男……」

そのようなことを言っていたと思い出す。

「そう、あいつが俺の母親を追い込んだ張本人だ。騙して、借金を背負わせて、弱っているところに追い打ちをかけて……。女手ひとつで俺を育ててくれた、明るくて気丈な人だった。自殺なんて、心を病んでいなければ絶対にしなかったはずだ。……だから、あれは殺人なんだ。でも、誰も罰してくれない。それなら俺が罰しようと……本気で殺すつもりだった」

真っ暗なテレビ画面をじっと見つめる横顔に、昏《くら》い焰《ほのお》が見えた。出会った頃の悠介が浮かべていた表情。過去の一点を見つめて動かない瞳。

「あのホストクラブのオーナーも昔はヤクザで、さっきの男の舎弟だったんだ。やっとあいつらが母を死に追いやったんだってわかって、俺は復讐するためにあの店に入った。誤算だったのは、オーナーが俺のことを覚えていたことと、俺に土下座して謝罪したことだった」

「それじゃ、オーナーが昔不幸にしてしまった女性って、おまえの母親か……」

「聞いたのか？」

悠介が驚いた顔で俺の顔を見る。

「ああ。具体的なことは聞いてないけど、その償いに、女性を幸せにする店にしたいから来てほしいって、俺はスカウトされたんだ」

「なるほどな。だからおまえがホストなんかやってたのか」

やっと合点《がてん》がいったという顔をする。

「俺もやっとわかったよ。おまえのやる気のなさと、誰にでもやたらと攻撃的だった理由が」

俺たちはなにも知らないまま、二年間も恋人をしていたらしい。あの頃、俺たちはいったいなにを話していたのだろう。相手のなにを信じていたのだろう。

ただ「好き」という感情に流されていただけの、子供のような恋愛。壊したくないから、地雷を踏みそうな場所には足を踏み込まず……結局、信じてなんかいなかったのだ、お互いに。

「オーナーはすっかり改心してて、復讐する気も失せた。でも、さっきの男、沢田《さわだ》の方はまだ性懲りもなく人を騙し続けていた。人を踏み台にして出世していくんだ、ヤクザってのは。だけどあの頃、沢田は他の組に追われて完全に姿を消していた。オーナーはもうあいつと縁を切ってたけど、金に困ったらきっと無心に現れるから、ここで働きながら待てって言われたんだ。今思えば、オーナーは俺に殺人を思いとどまらせたかったんだろうな」

そういう裏事情を知っていたら、周りはあんなに苛々することはなかっただろう。オーナーの悠介に対する寛大さも周囲を苛つかせる一因だった。あれは負い目だったのか。

「まさに腰かけだったわけだ。そりゃホストを真面目にやる気になんか、ならねえよなあ」

苛々した周囲の人間代表で嫌味を言ってやる。

「悪かったよ。あの頃は俺もテンパってたっていうか……復讐以外のことに目を向ける余裕がなかったんだ。ホストなんて女を騙して金儲けをする、沢田と同じ種類の人間、みたいな認識だったし。俺はどうやって完全犯罪を成立させるか、それしか考えてなかった。過去しか見てなかった。そんな俺の目を今に向けさせたのがおまえだ。本当、しつこくてウザくて……」

本当に鬱陶しそうに言いながら、悠介は口元に小さく笑みを浮かべた。

そう思われていたことは知っていたから今さら傷つかないが、事情を知っていたらしつこくできたかどうか。

俺には、親を殺された恨みなんてわからない。わかるのは、孤独の寂しさだけだ。

「それで、完全犯罪はできたのかよ」

「できなかったよ、おまえのおかげでな」

「俺？」

疑問符を浮かべて悠介の顔を見る。悠介は自嘲《じちょう》と照れの中間みたいな顔をした。

「あの男を殺して自分が罰を受けるなんてまっぴらだった。だから完全犯罪を狙ってたんだが、殺せたらそれでいいとも思ってた。俺が捕まったって、悲しむ人も傷つく人もいなかったから。でも……シャバに未練ができた。どんなに正当化しても、人を殺してしまったら、もうおまえの顔を見られなくなる気がした」

じっと見つめられて、なにかが胸の奥から込み上げてきた。溢れさせないように視線を泳がせる。

「別れたら、俺の顔なんてどうせ見られないじゃないか」

「気持ちの問題だ。おまえに会った時、自分を恥じたくなかった。でも結局、あんな別れ方しておまえを傷つけて……最低野郎になっちまった。あの時は、沢田が突然現れて、テンパってたんだ。あの男は邪魔な人間に容赦しない。おまえを護《まも》るためには別れるのが一番だってわかっってても、どうしても別れたくなくて……ぐるぐるしてた」

思いもしない真相に、俺は言葉が出てこなかった。悠介が俺のためを思って別れを選んだんだと、それは理解した。理解はしたけど、最初に込み上げてきたのは、怒りだった。

「ばっかじゃねえのか、おまえは！」

強い口調で言って、悠介を睨みつける。本当にどんどんどんどん腹が立ってきた。

「なんでそれを言わなかったんだ。そんな嘘のせいで俺は五年も……」

嘘っぱちの理由を信じて、傷ついて……。こんな奴のことを五年も忘れられなかった。自分が馬鹿みたいだ。

「怖かったんだよ。相手はヤクザで、それもかなりタチの悪い男だ。攻めればこっちの弱味を見つけて反撃してくるとわかっていた。おまえに危害を加えられると思ったら、俺は身動きが取れなくなる。おまえに死なれたら、俺は生きていけないから……」

「おまえ、俺を見くびりすぎてるんじゃないか」

すごく複雑な気分だった。憤《いきどお》りは沸々《ふつふつ》と沸いて、だけど嬉しくて、なんだか悠介が可愛くも思える。でもやっぱり悔しくて……。

「違う。そうじゃない。呪縛なんだ。大事な人の死はもう見たくない。護れなかったっていう後悔は二度としたくなかった」

そう言われると責めることもできなくなる。ずるい男だ。

「でも、だからって女ができたなんて……なんでそんな嘘をついたんだよ」

「本当のことを言ったら、おまえは絶対引かないと思ったから」

「そりゃ……」

確信している顔に肯定を返すのはなんだか悔しかったけれど、引いたとは自分でも思えない。なぜ引く必要がある？　とすら思っている。

「確実に護れる方法は、離れることだと思った。そして確実に別れられる理由は、女だと思った。

だけど、それがおまえを一番傷つける理由だということもわかっていた。それでもおまえなら、ちゃんと立ち直れると思ったから。でも、ごめん」

「今さら謝られてもな……」

許すとか許さないとか、そういう時期は過ぎてしまった。女なら俺が身を引くってわかってい て、傷つくってこともわかっていて、だけど俺のことをちっともわかってない。俺にとって自分がどれだけ大きな存在だったのか、全然わかっていない。

「で、復讐は終わったのか？」

苛々しながら、とりあえず話を進める。

「ああ、一応は。いろいろ新たな悪事を重ねてくれてたから。法律の勉強をして、必要な裏を取って、被害者に訴えるよう説得した。詐欺や恐喝の刑事と、損害賠償の民事と、漏れなく事件化して、とことん追いつめてむしり取った。そんなんじゃ全然気は済まないけど、合法的にできるのはそこまでだった。でも、あの男は絶対改心なんてしない。何度でも刑務所にぶち込むために弁護士になった。最近懲役明けて出てきたのは知ってたのに……俺はまたおまえに目がくらんで……進歩がない。結局おまえを巻き込んでしまって……悪かった」

「だから、俺は別に謝ってなんかほしくないんだよ」

謝られるたびに突き放されている気分になる。線を引かれている気がするのだ。

それが嫌なのは結局――。

「でも俺は、謝ることしかできない。さっきのは本当に……浮かれ気分に冷水を浴びせられた。

俺の復讐は終わってない。俺はまだリスクを背負っている」

「リスクって……あの沢田って男は捕まったんだろ？」

「ああ。前科もあるし、しばらくは出てこないだろうが……いつかは出てくる」

「いつか、ね。おまえはじゃあ、あの男が死ぬまで独りでいる気か？　本当ムカつくんだよ、おまえのその悲観的な自己完結」

人を勝手に箱入りにして、自分の都合だけで放り出す。自分のエゴに俺を巻き込んじゃいけないと思っているのだろうが、俺に言わせりゃなんの相談もなく結論を出すことの方がエゴだ。俺が目の前にいるのに、話もせずに独りになろうとするなんて、俺の人生を全否定しているようなものだ。

「だから……誰とも深く関わらないつもりだった。でもおまえを好きになって、自分の欲望に負けて、手に入れたら失うのが怖くなった。復讐を諦めて一緒にいることを選ぼうと思ったこともあったけど、復讐を諦めたら自分が自分じゃなくなる気がした。結局俺は、俺を選んだってことだよな……。おまえを手に入れてしまったのが、そもそも間違いだったんだ」

その言葉には本気で頭にきた。立ち上がって、悠介の胸ぐらを掴み上げる。

「間違いってなんだよ！　おまえが間違ったのはな、俺を巻き込まなかったことだ。俺が死んだら生きていけないなんて、俺だってそうなんだって気づけよ馬鹿！　おまえは自分のことしか考えてない。復讐なんて、そりゃ後ろ向きで無駄だって思うけど、無駄が必要な時もある。おまえに必要なら、俺はとことん付き合ってやったんだ！」

「るる……」

「俺はな、そんな半端な気持ちで手に入れられる奴じゃねえんだよ！　しつっこいんだよ。そう簡単に離れられると思うな」

あの男に殴られながら、死んでも離さないと言った……その言葉が嬉しかった。それが冷静になった途端に、グダグダ言い訳して離れようとする。これは悠介の本音じゃないはずだ。

胸ぐらを掴む俺の手に、悠介の手が重なった。ハッとして、悠介の顔が泣きそうなほど苦渋に歪《ゆが》むのを見て、自分の手から力が抜けていく。

「俺のせいでおまえが危険に晒されるのは、どうしても嫌なんだ。確かにこれは俺のエゴだけど……。おまえなら、違う幸せを見つけられるだろう？　明るい未来を作れるだろ？」

まだそんなことを言うのだ。悠介もたいがいしつこい。頑固だ。本当に相性は最悪なんじゃないかと思う。このままじゃどこまでいっても平行線だ。

「いつまでもそうやっていじけてりゃいい。自分の気持ちとだけ、話してりゃいいんじゃねえのか。俺はさっそく、違う幸せを探しに行くわ」

悠介の手を払い、突き放す。そのまま背を向けて玄関に向かった。

初志貫徹する強さはあっても、柔軟に貪欲《どんよく》に生きていく強さは持ち合わせていない。頭はいいけど、楽に生きることがすごく下手くそだ。

おまえには俺がいないと……なんて思うのは傲慢だし、DV男から離れられない女の言い訳みたいで嫌なのだけど。悠介の未来が気になって気になって仕方ない。独りにはしたくない。

でも、ここは俺が押し切ったんじゃダメだ。悠介が折れないと。悠介の意志で、俺の手を取ってくれないと――。

「るる！」

切羽詰《せっぱつ》まった呼び声は五年前にも聞いた。ここで。あの時は振り返れなかった。その先には別れしかなかったから。だけど今は――。

背を向けたまま、口を開く。

「俺は、おまえの本音しか聞きたくない。人と人の間には、時には嘘とか気遣いとか、本音とは違う言葉が必要なこともある。それはよくわかってるけど……でも、俺はおまえとだけは、そういう言葉で話をしたくない。エゴでも弱音でも、おまえの心の真ん中の、本当の気持ちで話をする気になるまで、俺に話しかけるな」

お節介は返上する。独りでとことん悩めばいい。俺は悠介を置き去りに部屋を出た。

悠介の根本的なところは、五年前からなにも変わっていない。俺はもう同じ失敗を……同じ痛みを繰り返したくないのだ。だから、以前と違う俺たちにならなくちゃいけない。

復讐を終えて、弁護士になって……もっと自信満々に胸を張って生きればいいのに。悠介の真面目さや臆病さがもどかしくてしょうがない。だけど、絶対に俺からは手を差しのべない。

簡単に終わるような恋なら、もういらないから――。

ともすれば引き返したくなる足を、前に前に。家まではけっこうな距離があったが、タクシーを拾う気にはなれず、ひたすら歩いた。

今度こそ本当に、心の真ん中を開いて話をしたい。俺の心はもう決まっている。あとは悠介が自分から心を開いて受け入れてくれることを待つだけ。

もう一度だけ、悠介を信じてみようと思った。

四十分ほどもかけて、やっと花荘が見えるところまで戻ってきた。

暗い夜道を黙々と歩いてきたおかげか、気持ちもだいぶ落ち着いてきた。待つだけというのはどうも消極的な気がして好きじゃないが、ここは攻めの待ちだと自分を納得させる。

どれくらいであの意固地なドアが開くのか。それとも、開かないのか——。

「好きとか言って、俺を独りにするって……最悪だ」

本当になんであんなのが好きなのか。違う幸せって、それは他の奴とお幸せにってことだろう。朋哉に嫉妬していたのはいったい誰だったのか。

花荘カンパニーの看板の前まで来たところで、足が止まった。

ここは、いろんな人といろんな話をするための場所。寂しさに追いつめられてしまう人がひとりでも減ればと願って始めた会社。助かったと、ありがとうと言われるたび、俺が生きる元気をもらった。

生き甲斐はある。日々に寂しさを感じることはほとんどない。

だけど、仕事では紛らせることのできない、漠然と大きな寂しさがあった。それは、一時的な繋がりでは埋めることのできないもので、だからお客さんがそれを抱えていても、俺たちでは埋めてあげることはできない。

埋める方法は、自分自身で見つけるしかない。きっと人によって形の違うものだから、ぴったりはまるものも自分にしかわからない。

俺にとってのそれはたぶん、悠介なのだろう。あいつにとってのそれが俺だとは限らないけれども……。

はちみつ色の小さなライトは夜通し看板を照らしている。毎日拭いている看板だが、上面にはもう埃《ほこり》が積もっている。それを拭おうと指を伸ばした時、深夜には似つかわしくない駆け足の足音がした。

殴られたばかりなので、危機感と共に恐怖心が込み上げる。確認しようと振り返りかけた体を、後ろから抱きしめられた。

ヒュッと喉が鳴り、体が硬直する。しかし、

「るる……」

その声に緊張がほどけた。

「おまえ……ビビらせんじゃねえよ……」

ドッと力が抜ける。しかし、抱きしめる腕の力はどんどん強くなって、今度は心に緊張が走った。

「ごめん。ごめん、光流」

謝るけれど、腕の力は緩まない。

「なにしに来たんだ」

いったいなにを謝っているのか。いい予感と嫌な予感が交錯して、心臓がバクバクする。

「ダメなんだ。やっぱり……無理なんだよ、俺には」

グッと嫌な予感の比重が大きくなった。

「無理って、なにが」

平静を装ったが、カラカラに干涸《ひか》らびたような声が出る。

「今さらおまえを手放すなんてできない。おまえと一緒にいたい。誰にも渡したくない。――これが俺のごまかしも偽りもない、心の真ん中の本音だ」

その言葉を聞いて、やっとすべての緊張がほどけた。

「おまえにしちゃ上出来……」

こんなに早く結論を出してくるとは思わなかった。もっとグダグダ悩んで、

「来ないかもって思っ……」

思いがけず、語尾が揺れた。ホッとして、一気に想いが込み上げてきて、止める間もなく涙がポロッとこぼれ落ちる。

「るる?」

悠介が驚いた声で腕の囲いを解き、自分の方を向かせる。うつむけた顔をその手が強引に仰向

eaker
d on
g the ve
t and sink
The steel do
to Hanko by
ordica Sature
aised to the
uthwest Fin
rnoon.

かせて、悠介は目を丸くした。小さな灯りでも涙が見て取れたのだろう。

「見んじゃねえよ、馬鹿」

悠介の肩口に顔を寄せて視線から逃れた。途端に後頭部を鷲掴みにされ、肩へと押しつけられた。

「ごめん、るる……」

「なに、謝ってんだよ……」

「泣かせた」

「泣いてない」

「じゃあ、不安にさせて」

「それはまあ……謝られといてやる」

「これから、危険に晒すことも……」

その言葉を聞いた途端、涙がピタッと止まった。

「それはいらねえ！」

顔を上げ、睨みつける。しかしそこにあった顔は思いがけず笑顔だった。少し泣きそうな笑顔。その顔が近づいてきて、俺は目を閉じることも忘れ、悠介の顔をピントが合わなくなるまで凝視していた。

唇が触れ合った瞬間に、ビクッと少し離れたら……逃さないというように強く押しつけられた。角度を変えて何度も交わり、口づけは徐々に濃密に、深くなっていく。

抵抗することも反応することも忘れ、ただその口づけを受け止めていた。

悠介の腕が背中から腰に移動し、体が密着してハッと我に返る。慌てて胸を押し戻した。

「こ、こんなところでなにしてんだ、おまえ……」

深夜で人通りがないとはいえ、自分の会社の看板の前で……なにをしているのか、俺。

「じゃあ、おまえの部屋、行こう」

悠介が先に立って歩きはじめて……。

「なんでおまえが率先して――っていうか、なんで知ってるんだ、俺が上に住んでるって」

あまりナチュラルな行動だったから、疑問を持つのが遅れてしまった。

「そんなのはとっくにリサーチ済みだから。二階の、一番手前の部屋、だろ？」

『なんのリサーチしてんだよ、おまえは。誰にリサーチしたんだよ!?』

悠介はごまかして答えなかったが、相手は女性二人もしくは香希だろう。

『おまえ……歩いてきたのか？」

「走ってきた」

玄関の鍵を開けて中に入って、電気を点ける。中に通した悠介は、明るいところで見ると確かに、かなり血色がよくて汗ばんでいるようだった。

「おまえ、全治三週間だろ」

「あ、忘れてた」

悠介は本気で忘れていたという顔をする。思わず噴き出してしまった。悠介は笑う俺をしばらく幸せそうに見つめて、そっと抱きしめた。

「車を出すのももどかしくて、走れば途中で捕まえられるかと思ったんだけど、思った以上におまえの足が速かった。……いや、俺の悩む時間が長すぎたのか……」

心臓がトクントクンと大きく打って、自分の手をその背に回すべきか悩む。しかし悠介は不意に体を離すと、俺のジャケットを脱がせはじめた。

「な、なんだよおまえ——」

「腕、大丈夫か？　痛くないか？」

反射的に逃げようとして、腕を取られてばつの悪い思いをする。腕の怪我か……。

袖をめくって包帯を見ると、悠介は眉を寄せた。

「大丈夫だって言っただろ。レントゲンも撮ってもらって骨に異常もなかったし。おまえこそ一晩泊まれって言われたの逃げてきたくせに」

「あんな奴に殴られて病院で寝てる自分というのが、許せそうになかった。それにおまえと、話をしないといけないと思ったから」

それは俺が、後で話があると言ったからか。車に乗った時点では、巻き込んでしまったことを自主的に話そうという感じではなかった。

「それで、悩んでた決着はついたんだよな？　俺を危険に晒したくないとか、巻き込みたくないとか……あれはもういいのか？」

なし崩しにキスまでしてしまったが、そこははっきりさせておきたかった。

「今でもそれは思ってるけど……。俺の一番強い気持ちは、おまえと一緒にいたい、だから。おまえと離れることで護るんじゃなくて、おまえのそばで……一番近くで、護る。あの男からだけじゃない。他のなにからも、護るよ」

真っ直ぐに見つめてくる真っ黒な瞳。吸い込まれそうな深い瞳に、今は俺だけが映っている。

「偉そうだな。俺は護ってもらう必要なんかまったくないし」

「そうだろうな。でも、離れてたんじゃ護れないって、俺にはそういう理由が必要なんだ。自分のエゴを通すための大義名分っていうか……」

「おまえは本当……面倒くさい男だよ」

部屋の中ほどまで進み、さてどうしたものかと思う。この部屋にはなにもなくて、座るところといったらベッドと、小さなデスクの椅子が一脚だけ。逡巡《しゅんじゅん》していると、後ろから腕が巻きついてきた。

「面倒くさいけど、最後まで面倒見てくれるんだろ?」

耳元に囁かれる。

「七年前はそのつもりだったけどな。とりあえずおまえ、そこに座れ」

悠介に床の上を指さし、俺はベッドの上に座る。なんだかどんどん自分のペースを取り戻す悠介が気に入らなかった。もう少しいたぶらないと俺の気がすまない。

悠介は苦笑して床の上に正座した。

「なんでも、おまえの言う通りに」

殊勝《しゅしょう》なことは言うが、その目にはもう殊勝さがない。

「おまえ、本当に反省してんのか？」

「もちろん。……思い知ったんだよ、俺は。ずっと復讐するために生きてきて、成し遂げればなにかが得られるような気がしていた。でも、なんにもなかった。死んだ人間が生き返るわけじゃない、ただ解放されて、空っぽの俺が残った。それでもおまえを護れたからいいって思い込もうとしたけど……、再会して思い知った。俺はおまえなしじゃ生きられない」

いい気味だ、なんてことは言えなかった。クソ真面目な男は、自分の中の大義を捨てて恋を取るなんてできなかったのだろう。熱い眼差しもその言葉も嬉しかったけれど、素直には喜べない。

「カッコつけて独りでやろうとするからだ」

できてしまうからたちが悪い。俺がいたところで、なんの役にも立たないばかりか足手まといになったのだろうと推測できるけれど。

「そうだな」

「おまえみたいなのには、護られて喜ぶような相手の方が似合うんじゃないか？」

香希の顔が浮かんでいた。大事にされたいと言っていた。なにも言わずに護ろうとしていたなんて聞いたら、香希ならきっと感動してくれるだろう。そういう思いやりに感激する女も、きっと世の中にいっぱいいる。

「別に喜んでほしかったわけじゃないし。おまえが、護られるより人に頼られる方が生き生きする奴だってのはわかってるよ。でも、そういうおまえだからこそ、俺は護りたかったんだ。なにに代えても――」

悠介は自分の心をなかなか言葉にしない奴だったから、こんなふうに想いを伝えてもらえるのは照れくさいけど嬉しかった。その真剣な瞳に自分が映っていることも。

「俺は、おまえを幸せにしてやるなんて言えない。また、危険に晒すかもしれない。だけど……おまえにだけ、あえてわがままを言う。俺と一緒に生きてくれ」

ただ一言、その言葉を待っていた。

「そういうわがままは大歓迎だ」

見上げてくる思いつめた瞳に、極上の笑みを返す。たぶん、俺至上最高の笑みだ。

「るる――！」

立ち上がるのももどかしいように悠介が抱きついてきて、受け止めても勢いは止まらずに後ろに倒れた。

「もう、隠し事はないだろうな？」

抱きしめられたまま訊ねる。

「ああ、ない。俺の中から復讐を抜いたら、おまえが好きだって、それしかないんだ」

顔がだらしなく緩んでしまう。

「おまえは俺の中で信用ゼロなんだからな。どんな理由でも、おまえは一度俺を捨てたんだ。簡単に信じてもらえると思うなよ」

声だけ毅然《きぜん》と突きつけた。

「わかってる。……もう二度と言わない。いや、言えないから、別れてくれなんて……。あの時だって、おまえにひどいこと言いながら、抱きしめたくてたまらなかった。離れるのがおまえのためだって自分に言い聞かせて、必死に堪えた」

抱きしめる両腕に力が入った。こうしたかったというように。

「馬鹿だな、おまえは」

「ああ。馬鹿だけど、もう間違わない。もう一度だけでいいから、俺を信じてくれ」

密着していた体を少し離して、間近に見つめてくる。心の真ん中を見てくれというように、真っ直ぐな目をして。

「もう一度、だけだからな」

言った途端にまた抱きしめられた。頭をぎゅっと。

「今度捨てたら、殺すぞ」

少々物騒な脅しをかける。でもそれが俺の本心だ。

「一番大事な人を犯罪者にはさせない。もう絶対、離さない――」

信じろと訴えるように強く抱きしめられて、俺もその背を抱きしめ返した。

やっと……この腕の中に悠介が戻ってきた。そう思った。またこいつと始められる。そう思うだけで全身に幸せが満ちた。

「なあ……また、るるって呼んでいいか?」

悠介がお伺いを立ててくる。

「まあ……、仕事の時以外なら」

渋々許可する。決して俺はその呼び名を気に入っているわけじゃない。違和感は拭えないけれど、呼ぶ悠介の幸せそうな顔を見るのは嫌いじゃなかった。

「るる……」

少しかすれた声が耳を撫でた。聞いただけで下半身がゾクッとするのは、二年の間にすり込まれた条件反射なのか。

これは悠介が欲情して、求めている時の声だ。この声を聞いた後には、どんな抵抗をしてもその暴走を止めることはできなかった。だけど今日は、動かない。不自然に固まっている。

「……悠介?」

「あの男が……出所してきたら、おまえやおまえの会社に嫌がらせをするかもしれない」

それを聞いて、深々と……本当に深々と溜め息がこぼれた。台無しだ。

「おまえな、そんな何年も先の、あるかどうかもわからないことで不安になるな。もしそうなったら、俺は全力で戦う。俺の大事なもんを護るために。おまえも一緒に戦ってくれるんだろ?」

「それはもちろん!　でも……」

体は少しも離れようとはしないくせに、脳が踏み出すことを躊躇しているらしい。これが呪縛というやつか。俺の未来に、凄惨《せいさん》な過去を重ねているのか。

「なるほどな。おまえから『強引』と『自分勝手』を取ると、より一層面倒くさい男になるんだな。本当、面倒くせーよ」

真剣に葛藤しているらしい悠介を思いっ切り茶化す。少しして悠介の体から力が抜けたのが伝わってきた。

「面倒くさいの、好きだろ？　おまえ」

「好きじゃねえよっ」

いや、たぶん好きなのだろうけど。

「自分勝手は返上する。でも、強引は……なくすとおまえを抱けなくなるからな」

悠介がやっと笑顔を見せた。至近距離にあるその顔を訝《いぶか》しく見つめる。

「どういう意味だよ？」

「おまえは人懐っこいお節介焼きのくせに、妙に奥手で、しかも意地っ張りだから、俺が強引に進めないと、なにも進展しない」

悠介は俺の髪を指で梳《す》き上げて、からかうように言う。

いい歳の男を捕まえて、奥手ってなんなんだと、怒りと恥ずかしさで頬にカッと朱が上る。悠介を睨みつけたのだが、こっちが恥ずかしくなるくらいの優しい瞳がそこにあって、目が泳いだ。

こういう甘い感じは苦手だ。それを奥手と言うのだろうか。

「違う！　じゃあ今日は俺がするから。おまえおとなしくしてろよ」

「はい？」

きょとんとする悠介の上着を脱がす。

「俺がおまえを抱いてやるって言ってんだよ。ありがたがれ。おまえに拒否権なんかないんだからな」

「……本気か？」

「本気だよ。もう俺は抱かれ方なんか忘れちまったんだ。抱く方ならまだなんとかなる」

強がって言ってみたものの、そっちだって本当は自信なんてない。だけど、抱いてくれなんてことは、口が裂けても言えない。それでも肌を合わせたいのだ。

悠介はボタンを外していく俺を見つめて、ひとつ大きく溜め息をついた。頬に触れられて、ハッと悠介の顔に目を向けると、しょうがないなというような微笑みがそこにあった。

「意地っ張りも可愛いけど……俺はまだビクビクしてるんだよ。おまえに嫌われたくなくて手探り状態、強引にはなかなか出られない。だから、今から俺のやることが間違ってたら言ってくれ」

悠介は俺がはだけさせた上着を自分で脱ぎ、俺のシャツも脱がせた。俺の体をベッドの真ん中にずらして、再び上にまたがる。

「いいか？」

「本音しかいらないって言っただろ。それをぶつけられて文句は言わない。俺の意地っ張りは……察しろ」

ずいぶん自分勝手な言い分だとは思うけれど、抱いていいと許可を出すのも恥ずかしいのだ。

顔を横に向けて、好きにしろとばかりに体から力を抜く。と、悠介がクックックッと笑う声が聞こえてきた。

「なんだよ!?」

「いや、もう久しぶりで、可愛すぎて……」

言われてまたカーッと顔が赤くなる。

「なんか文句あるのか!?」

「いや、ない。やっぱおまえがいい。俺はどうしようもなく、おまえが大好きだよ」

真っ直ぐに見つめられ、鼓動が逸《はや》って全身が熱くなった。悠介の口からそんなストレートな言葉を聞くとは思わなかった。

「全部、俺の本音だ。ちゃんと受け止めろよ」

悠介はそう言って覆い被さってきた。抱きしめれば湿布が指先に当たる。全治三週間を思い出したが、たぶん支障はないだろう。というか、きっともう止められない。

唇が重なって、もう次の瞬間には悠介の本気に呑み込まれる。思うさま貪った後で、今度は労るような口づけに変わる。浅いところから徐々に深くなっていって、体の緊張が、意地が、ゆっくりとほどけていく。五年の溝を埋めていくような長い長い口づけ。

これからどれくらい一緒に歳を取っていけるのか……。そんなことを考えてしまうのは、まだ不安だからだ。でも、不安だから別れるなんて選択肢はありはしない。

唇が離れ、じっと見つめ合う。五年分の歳を重ねた顔は、甘さがそぎ落とされ、精悍《せいかん》さが加わっていた。

「歳食ったな」

照れくさくてそんなことを言えば、悠介は体のことを言われたと思ったのか、憮然とした顔になる。腹筋は引きしまって、たるんでなんていなかったけれど。

「そんなのはお互い様だろ。おまえは歳を食って……またずいぶんと可愛くなったけどな」

反撃に眉を寄せる。こいつの可愛いは絶対嫌がらせだ。

「俺はおまえを許したわけじゃないんだぞ」

主導権がこっちにあることを主張せずにいられなかった。なんか、悔しいのだ。

「いいよ、許さなくても。そばにいてくれるなら」

言葉は下手《した て》だが、完全に悠介には余裕が戻っている。それがまた悔しい。思い返せば、俺はこいつに振り回されてばかりだった。なぜ一緒にいたいのか……俺は実はマゾなのか？

嫌な結論にたどり着き、そんなはずはないと首を振る。

「初犯だから、執行猶予つけてやっただけだ」

わざと上からものを言った。

「ありがたいです、裁判長。でも、もう二度としません……誓います」

ふざけたように乗ってきたのに、誓います、というところだけ妙に真面目に言うから……不覚にもドキドキしてしまった。やっぱり、転がされてる。だけどこれは悪くない。

過去に壊れたものを組み直すのではなく、今から二人で新しく作っていく。だからまだどうなるのかわからない。わからないから、おもしろい。

「おまえなんか、俺にずーっと負い目持ってろよ」

「誠心誠意ご奉仕しますよ。おまえにだけ……一生」

そう言って、悠介はさっそく誠心誠意のご奉仕を始める。

まずは首筋に口づけを。手が腹から胸板を撫でて小さな突起にたどり着いた。指先がそれをさらりと撫でる。

「――ンッ」

思わず声が漏れて、歯を食いしばる。声を聞かれるのなんて今さらなのだが、本当に抱かれ方を忘れてしまったらしい。

悠介の手はそれだけでそこを離れ、わき腹のあたりを撫でて腕の包帯に口づける。放置された胸は尖って、次の刺激を求めていた。しかしなかなか触れてもらえなくてじりじりと身悶《みもだ》える。

悠介はきっとわかっていてわざとやっているのだ。俺の抱き方を忘れてはいないらしい。俺も思い出してきた、こいつの意地の悪い抱き方を。

「おまえはなぜ包帯を巻かれてないんだ？」

そのやり方に抵抗するように、まったく関係ない質問を繰り出す。

「ミイラ男みたいになるだろ。丁重に辞退した」

口づけは腕を遡《さかのぼ》り、肩から首筋に戻ってきた。

「痛く、ないのか？」

あっという間にのめり込んでしまいそうな自分を、押しとどめるように質問を続ける。

「痛みなんて、感じてる余裕はない。やっとおまえを抱けるのに、おまえ以外……感じたくない」

言葉で、心が熱くなった。やっと抱き合えるのに、必死で意識を逸らそうとするなんて……。のめり込んでも、いいのだ。夢中になって貪ればいい。

そう思った時に胸の突起を舌先で撫でられ、思わず声が出た。反対側を摘《つま》まれ、のけぞった背中を指先がなぞっていき、全身が震える。

『はっ……あっ……ああっ……』

声は自然に漏れた。悠介は余裕がないようでいて、指遣いだけはどこか冷静で。俺の反応をじっと見ながら、追い立てている。欲しいと自分で意識するより先に、そこを指がいじるから、ただただ翻弄される。

胸の粒をねちっこく舌先でなぶられ、久しぶりの快感に俺はまだ戸惑っていた。動く悠介の頭を見下ろし、本当に悠介なのか、心のどこかでまだ疑っている。

「るる……」

吐息混じりの声に、フッと力が抜けた。気に入らない呼び名だけど、今はそれが二人だけに通じる暗号のように思えた。他にそんなふうに呼ぶ人はいない。呼ばせない。

確かにこれは悠介だ。俺の、悠介だ……。

「悠介……」

ことさら甘く、俺も名前を呼んだ。

それだけで、心の中の年月分の垣根が取れていく。悠介だったらなにをされてもいい。どんな自分を晒してもいい。抱かれても、いい——そう思っていた自分がよみがえってくる。

気持ちよかったことも、辛かったことも、裏切られた胸の痛みも……思い出す。

「もう……なにも隠すな……絶対、逃げんなよ……」

命令のように哀願する。俺を置いて、消えてしまうなと。

「逃げない。俺の居場所はここにしかないって、わかった……」

悠介は胸の真ん中に口づけて、ぎゅっと抱きしめる。その頭を俺はしっかりと抱きしめた。

そうしていたのもつかの間、悠介の唇が乳首を吸い上げ、俺は胸をそらせた。弱いところを知り尽くしている指が、体中を這い回る。

「あ、ヤ……ッ」

立ち上がった胸の粒を歯で挟まれ、先を舌で撫でられると、快感が産毛を逆立たせる。声をまったく堪えられない。

「相変わらず、いい反応……」

おもしろがるような口調が不満で睨みつけようとしたのだが、眉を寄せて見上げれば、まるで懇願しているような気分になった。

早く、もっと深いところへ……もっとおまえを感じさせてほしい。

前がきつくて自分でジーンズを脱ごうとしたのに、その手を止められる。悠介は少し意地悪く微笑んで、ジーンズの上からゆっくり形をなぞる。

「イ、ヤ……ッ」

「朋哉とは……したのか？」

「え、なに……？」

唐突な質問に、とっさに頭が切り替わらなかった。

悠介は変わらずゆっくり股間を撫で、俺をじっと見つめる。

「あいつ、おまえのことが好きだよな？　恋人って……あれは嘘だよな？」

まったくの口から出任せだったから、訂正するのも忘れていた。

「違う……。朋は、そんなんじゃない」

「でも、寝た？」

ストレートに切り込まれて、返事に詰まる。

「寝て、て、それは……」

チラッと壁に目を向ける。へこんだ壁はそのままだが、意識してみなければわからない程度。

寝てはいない。けど、ここで確かに抱きしめられた。

「くそ、見せたのか……」

躊躇をどう解釈したのか、悠介が悔しそうにこぼした。

「見せたって、なにを？」

「……おまえは、こういうことにはすごくガードが固くて、意地っ張りだけど、最後の扉を開くと、とんでもなく素直になる。その時のおまえは最強に可愛いんだよ。誰にも見せたくなかったから、男はダメだって言ったんだ」

真顔で、刺すような眼差しでそんなことを言われ、逃げ出したいほど恥ずかしくなった。

「な、な、なに言ってんだよ⁉　おまえ馬鹿だろ！」

真っ赤になった顔を背け、体ごと横を向こうとしたのは阻止される。

「可愛いんだよ、マジで。最初に抱いた時、心臓撃ち抜かれたんだから、俺は」

「なん……なにを馬鹿なこと――」

恥ずかしくて、全身が沸騰《ふっとう》したようで、変な汗が噴き出す。

可愛いとか、可愛いとか――！

いったいどんな姿を見られていたのか。最後の扉ってなんなんだ。男に抱かれて可愛くなるなんて言われて、喜ぶとでも思っているのか⁉

消えたい、マジで――。ぎゅっと目を瞑る。

「しょうがないな。俺がいなかったんだから。……でも本当、よく五年も我慢できたと思う」

しみじみ言われて、横目に見上げる。

「またおまえを抱けるなんて……夢みたいだ」

そう言って、悠介とも思えぬほどさわやかに笑った。少年のような無垢《むく》な笑顔に、こっちが堪らなくなる。

「俺だって……」

まだ夢を見ているみたいなのだ。何度も何度も、繰り返し夢に見たから。でも、夢の中の悠介がこんな表情を浮かべることはなかった。

「もう、グダグダ言ってないで、しろよ。本当に夢だったってことになるぞっ」

照れ隠しに怒鳴りつける。

「それは困るな。強姦魔になってしまう」

俺が拒否してもやる気らしい。最初の殊勝さはどこへやら。完全に開き直りやがった。

睨みつければ、ニヤッと笑う。もうすっかり昔の悠介に戻っている。

ジーンズの前を開け、大きな手が中に潜《もぐ》り込んできた。久しぶりにその指に触れられ、少し撫でられただけで完勃ちになってしまう。

「きつそうだな」

下着ごと下ろされ、自由になってホッとした。それを見られる恥ずかしさより、早く触れてほしい気持ちが強くて、悠介の指が絡みついてくると、ねだるように腰が揺れた。

悠介の体に腕を伸ばし、そのしっとりした素肌を撫で回す。

「悠介……はぁ、ンッ……」

指先に伝わる筋肉の隆起も、湿布のざらつきすら、俺の官能を刺激する。

こいつを誰にも渡したくない。俺は女にだって見せたくない。誰も見てほしくない。

「そんな目で……俺以外の誰かを、見るなよ」

舐め回すように俺を見る悠介に釘を刺した。

「どんな目？」

無意識だったのか、悠介はクスクスと笑いながら問いかけてくる。

「見なけりゃいいんだよ、誰も……」

おまえは俺だけを見ていればいい。

「いいな、それ。おまえが俺を独占したいなんて……すごく、クるよ」

口づけが落ちてきて、舌と舌が絡み合う。表面を舐め合って、ゾクッと痺れが来て、悠介が自分の股間を擦りつけてきた。スラックスのざらつく布地が指とは違うもどかしい刺激をくれる。

「ン、ンッ……悠介、もう……もっと……」

熱くて欲しくて……堪《たま》らなかった。

だけど悠介は焦《じ》らすように、胸を弄りはじめる。指でこね回されると、感じるだけによけい辛い。悠介に押し潰されている下はもうパンパンで、先走りが間断なくにじみ出していた。

「脱げよ、悠介……直で、おまえのを」

「了解」

悠介はスラックスを脱いで全裸になり、俺のと一緒に握って擦り上げる。

「あ、あ……いい……」

その硬さと熱さが生身の悠介だと教えてくれる。幻じゃないと。

指で先端をこねられて、ビクッと腰が引けた。それをさらに追い立てるようにしごかれて、首をぶんぶんと横に振る。このままじゃ独りでイッてしまう。

「悠介、悠介……ダメだ、……なあ、もう……」

懇願するような声が出た。体にも心にも力が入らなくて、どうにかしてほしいけれど、繋がらないまま解放されるのは嫌だった。

「もうダメ？　俺が欲しい？」

問われて、コクンと頷く。意地を張る余力もない。

「ああ、やっぱ可愛い……」

悠介はボソッとつぶやいて、袋を揉む。

「ヤッ、それじゃ……」

身を捩って悠介の手を掴む。

「ん？　触らなくて、いいのか……？」

「イヤ」

「るるがイヤなら、俺はもうしないけど？」

意地の悪い。クソったれと思うのだけど、

「イヤ……じゃない。して」

口からはそんな甘えた言葉が漏れる。誰が言ったのか、もう考えない。

「可愛いよ、るる」

悠介の手が俺を包み込み、指が感じるところをなぞる。胸を噛まれ、手は追いつめるように俺をキツく擦り、スピードを増していく。与えられる強すぎる快感に、身を捩って必死に耐える。

「アッ、ダメ……俺だけ、俺だけじゃ――」

「るる、我慢しなくていい。一度……イッとけ」

「で、も……」

俺だけイくのは嫌だった。一緒に……と思うのに、悠介が擦るピッチを上げて、胸の粒を舌先でこねられ、もうわけがわからなくなった。

「あ、アッ、……ヤだって言って……ゆうす……ア、アッ——！」

堪え切れずに弾けて、溜め込んだ欲望が一気に吐き出される。荒い息と一緒に、残滓《ざんし》が何度も溢れ出した。

解放感に呆然として無防備に体を開いていると、上下する胸の粒をいたずらするように指で摘まれた。体がビクッと跳ねて、悠介を睨みつける。

悠介はニヤッと笑って、その手をまた股間に持っていった。

「いっぱい出たのに、まだちょっと元気だ。……だいぶ、溜めてた？」

訊かれて顔が赤くなる。

「そんなの、おまえに関係ない」

「さっきまで、あんなに可愛かったのにな……。じゃ、もう一回可愛くなってもらおうか」

悠介はそう言って立ち上がった。股間で隆々と勃ち上がっているものに目が行って、なんとなく目を逸らす。

「ローションとか、ある？」

「そんなのあるわけ——」

ないと当然のように言い返そうとして、口を噤んだ。悠介がニヤニヤ笑っているから、その質問の隠れた意図に気づいた。

「必要なかった？　そうか、そうか」

嬉しそうな悠介に水を差す必要はないのだが。なんでだろう、言い返したくなるのは。

「でも、ゴムは……」

悠介がベッドの宮についている引き出しを開けようとしたから、俺は慌てて止めた。

「ない、ないって！　勝手に開けるなよ」

引き出しを死守する剣幕に、悠介は不審そうな顔をしたが、おとなしく引き下がる。

「ふーん……ゴムもなし、か」

女ともしてないんですか、と言われたように感じてムッとしたが、なにも言い返さなかった。

それは事実だ。

「いっぱい出たから、これでいけるかな。かなりグチャグチャに濡れてるし」

悠介は俺の足を開かせてその間に座り、股間に手を伸ばした。前から後ろへとわざとらしく濡れた音を立てながら手を滑らせる。

「ちょっ、待っ……あの、」

悠介の手首を握り、なにか言おうとしたのだけど、自分でもなにを言いたいのかわからない。

ここまで来て、やめろなんて言えないし、言う気もないけれど。でも……なんだろう、この焦り。恥ずかしいのとはちょっと違う気がする。

「久しぶりで、怖い？」

その問いに答えを見つける。

ああ、怖い——のか、これは。受け入れる心の準備も、体の準備もまったくしていなかったから。受け入れる恐怖なんて、七年前に一度克服したはずなのに。

「あれから、ここになにか入れたりは……」

「するか馬鹿！」

怒鳴ってから、また引っかけられたことに気づく。悠介がニヤニヤ笑うから、つい。

「……自分では入れてない」

いらない一言を付け加えてしまった。本当にまったく必要のない補足。無駄な意地。

「それはどういう意味？」

悠介がスッと目を細めて顔を寄せてくる。

「別に、意味なんかない」

言えば悠介の目がさらに細くなった。そのまま無表情に後ろの穴を弄られて、本気で怖くなってくる。今悠介を煽《あお》っていいことなんかひとつもないのに。なにをやっているのか、俺は。

「クゥッ……ンッ！」

抵抗を押して指が中に入ってきた。

「ここは……初めての時みたいにきついけど？　朋哉と寝たのはいつ？」

もうなにも言わなかった。いや、言えなかった。中で指が蠢《うごめ》くから、歯を食いしばるしかなくて。

本当に、なんでこんな初めてみたいなことになっているのだろう。

「初めての時、大変だったよな。おまえ、すごい痛がって……でもそれが可愛くて、俺も自分を止められなくなって泣かせてしまった……」

「う、嘘つけ……俺は、泣いてなっ！」

こればっかりは言い返さずにいられなくて、必死で声を振り絞る。

しかし悠介は、そんな俺を見て、フッと微笑んだ。

「……もう、泣かせない。二度とおまえを泣かせない」

頭を抱いて、髪に口づけるようにして言う。そんなことを言われては、言い返そうと開いた口をどうしていいのかわからなくなる。

悠介のせいで泣いたのは、初めての時じゃなく、最後の時だ。

「泣き顔が見られないのは残念だが……おまえの可愛い顔は他にもいっぱいあるから、我慢する」

「なに馬鹿な、こ、言っ……ンッ、ぁあっ……」

指はその場所を覚えていたのか、すぐにたどり着いた。俺の中の感じるところを正確に撫でて、突く。

「あ、あ、……ぁんっ……」

あまりの快感に鳥肌が立った。なのにまた前を擦られて、逃げるように身を捩る。

「も、もういい……悠、もういいから……」

感じすぎてまたわけがわからなくなってしまう。気持ちいいけど、逃げ出したい。怖いけど、もっとしてほしい……。

「ちゃんと緩めないと……泣かせてしまうだろう?」

労るようなことを言って、キスを落とす。しかし絶対、遊んでいる。おもしろがられている。

「悠……、てめ……」

「嘘じゃない。俺だって……早く入りたいんだ、おまえの中に」

文句も封じられ、艶っぽい目で見つめられて、黙って耐えるしかなくなった。

悠介が脱ぎ捨てた自分の上着に手を伸ばした。なにをする気かと思ったら……。

「おまえ、持って……」

胸の内ポケットから出てきたのは、コンドームらしきもの。

「おまえと会う時はいつも入れてた。準備というよりは、おまじないみたいなもんだな。使えますようにっていう」

「お、乙女かよ!」

仕事で会う時も入れていたのか。いや、絶対ずっと入れていたのだ、俺と会う予定がない時だって。勝手に邪推して、ムカつく。

「一途《いちず》なとこは乙女かもな」

悠介は慣れた手つきでそれを装着し、覆い被さってくる。

「後でおまえの好きなバックから、やってやるから。最初はこっちで……。顔見せて」

「お、俺は別にバックなんて好きじゃ……いや、後でって、おまえ――」

俺の文句なんかまったく無視して、悠介は俺の足を持ち上げた。この格好はどうも慣れなくて、でもバックが好きなんて言った覚えはない。

悠介は自分のものに手を添えて、ほぐしたところに押し当てた。ゆっくり、腰を揺らしながら入ってくる。

俺は眉を寄せ、そのなんともいえない感触をやり過ごそうとした。広がって、どんどん奥へ。どんどん広がって……俺の中が悠介に絡みつく。受け入れようとしているんじゃなく、たぶん久しぶりの侵入者を排除しようとして。

悠介は、敵じゃないと教えるように、ゆっくり入っていく。昔はもっと勢い任せだった気がするけれど……。

悠介も俺も変わったのだ。

でも、変わってしまったとは思わずに、変われたんだと思いたい。前は巧くいかなかったことも、今ならきっと巧くいく。未来はもっと巧くいく……と信じたい。

「悠介っ……もっと、来て」

俺は自分に言い聞かせる。入ってくるこれは敵じゃない。悠介だから、受け入れる。……もっと優しく、包み込むように……。命じたところで、中が俺の思う通りになるわけもないのだけど。

「……俺の形、思い出したか？　……あぁ……すご、絡みつく」

悠介は一番奥まで慎重にたどり着くと、そこで理性を飛ばしたように、突き上げてきた。

「は、あっ――あ！」

いきなり激しく動かれて、俺は悠介の二の腕をぎゅっと掴む。

「これ、これだ……。ずっと欲しかった……もう絶対、離さない」

悠介は陶酔《とうすい》した表情で俺の中を穿《うが》つ。凶器のようなそれを包み込み、俺は悠介の二の腕から肩へと手を伸ばし、広い背中をぎゅっと抱きしめた。抱き合って、一緒に快感をむさぼる。

「ゆう、すけ……悠介ッ」

「おまえに……しがみつかれて、名前を呼ばれるだけで、俺は強くなれた……幸せに、なれたんだ……」

そんなことを言われたら、しがみつかずにいられない。名前を呼ばずにいられない。

「悠介、悠介、……俺もっ、おまえだけ……あ、ンッ……ヤダ、もう……」

溝を埋めたい。ぴったり合わさりたい。五年分の空白を埋めるには、まだもっと、長く……深く……。足りなくて、抱き寄せる。

「るる……俺は全部、おまえのものだ……」

終わりを恐れる耳元にそう囁かれた。求めれば与えられる、喜び。飢えていた体に悠介が満ちていく。

「うん。俺が……全部、もらう」

目を開ければ、悠介が間近に俺の顔を見下ろしていた。その黒い瞳に俺が映っている。もう二度とないと思っていたのに……。

「好きだ」

その瞳に向かって囁いた。

「俺も、好きだ……」

かすれた声で、少し苦しげに微笑みながら悠介が言った。心から込み上げた声に、答えを返してもらえたのが、なにより快感だった。

たったひとりの人と、すべてを開いて話ができる幸せ。

「るる、るる……もう……」

悠介が切羽つまった声で俺を呼ぶ。腰がガンガンと俺を攻めたてる。

「ああ、いいぜ……。くれよ……全部」

暴れ馬を包み込むように悠介を抱きしめた。

「あ、あ……クゥ――ッ」

激しく中を突いていた熱杭が、奥深くに強く打ちつけられ、腕の中の体がビクッと震えた。

「は……あぁ……」

自分の中で悠介が吐精したのを感じて、胸が熱くなった。

帰ってきた、悠介が――。

悠介は小刻みに腰を揺らしながら、こめかみにキスを落とした。何度もついばむようにして移動し、唇が重なる。

「あ……」

中から悠介が抜けて、声が漏れる。

俺はイかなかったが、充分満足していた。もうこのまま余韻に浸るつもりだったのだが。

「ごめんな、ひとりでイッって。次は一緒にイこうぜ」

「え、次って……今日？」

「もちろん。今日、これから。やっと抱けたのに、これくらいで終われるわけないだろ」

悠介はにっこり笑って、体勢を入れ替える。壁を背もたれ代わりにしてベッドに足を投げ出し、その上に俺を抱き上げる。

これがさっき言った、バックから、なのか。

「俺はこんなん好きじゃないって！」

「でも、これが一番感度がいいんだよ。おまえ気づいてないかもだけど」

「な、なに言ってんだ、馬鹿じゃないのか!?」

離れようとすると、後ろからぎゅうっと抱きしめられ、悠介の頭が肩に乗った。

「悠介？」

「すごいな……おまえが俺の腕の中にいる。昨日までとの違いはそれだけなのに、すごく満たされてる。ゼロだったのが百になった。……おまえが、俺のすべてなんだな……」

笑い飛ばすことも、適当な答えを返すこともできず、俺は抵抗することをやめて悠介の手にそっと自分の手を重ねた。

しばらくはそのまま、甘い雰囲気に酔っていたのだが、悠介の手がじわりと俺の股間に動き、俺の手まで一緒に股間へ向かう。

「悠介……もう百になったんだろ？　満たされたんだよな？」

「これは別腹」

強引でわがままな悠介が戻ってくる。この馬鹿野郎が、俺は好きで好きで……。趣味が悪いから、他の人は好きになれなかったのだろう。

もうひとつの手は胸元へと滑り、指先が小さく膨らんだ粒を摘んで、こねる。

「あ、ン……」

「こんな小さい粒が、るるをどんどん可愛くするんだから……すごいよな」

クスクスと笑いながら、悠介は乳首を引っかく。

「なっ――ぁ、……ンンッ！」

悠介の腕を摑み、ぎゅっと目を閉じて身を竦める。

「ほら、また可愛くなった……」

うなじを吐息でくすぐりながら囁く。

「う、るさ……ッ」

思い出した。後ろからする時、この口は直接愛撫を施せない代わりなのか、普段よりも饒舌《じょうぜつ》になるのだ。

たくさん話してくれるのは嬉しい。だけど耳をなぶるように囁かれるのは、馬鹿みたいにくだらない甘い睦言《むつごと》だったり、殴って黙らせたくなるような恥ずかしい言葉だったりする。

「絶対、ここからもフェロモンって出てるよな……」るるの首筋はいつもいい匂いがする。久しぶりに嗅いだ時、クラクラした」

鼻の頭が顎《あご》の下を撫でるように動く。

「出てな、し……っ、男のフェロモンが、男に効くわけ、ない……」

「るるのフェロモンは、俺に効くよ。それはもう、強烈に」

首筋を吸われ、舐められ、もぞもぞと動けば、双丘の狭間に硬いものを感じる。

「あ……、ヤ、だ、もう……」

悠介の腕の中に囲われ、体の前面を指がいやらしく撫で回して、翻弄される。どんどん落ちていこうとする自分を、無意識になんとか立て直そうとあがいていた。

「今はなにも考えるな。……全部、俺に預けていい。……絶対、離さないから……」

信じないという言葉はもう出てこなかった。

「絶対、二度と……?」

ただ誓いを乞う。

「ああ。二度と離さない。……俺は、おまえのそばにいるために、生きる」

それは力強い声だった。心の奥まで入り込んで、染み渡る。疑念が、鎧《よろい》が、全部溶けていく。

「悠介、ゆうす、け……！　好、き……好き、悠介……」

言葉を解放すれば、ぎゅっと背後から抱きしめられた。

「るるっ」

悠介はさっきイッたばかりなのに、我慢できないというように性急に、己を立てて俺の中へ入れてきた。

「ふあッ……あ、あぁっ……」

あまりに急な挿入に背筋がのけぞり、その体をまた抱きしめられる。

「もう……たまんねえよ、るる……好きだ……好きだ、好きだ、好きだ……っ！」

がむしゃらにぶつけられる熱。震える体。奥の、奥に入ってきて、しっかりと睦み合う、二つの心。なくしていた半身を見つけて狂喜している。

「ア、アッ……悠介……もう、イっちゃ……ぅ……ンッ！」

心の奥と、体の奥と、熱いものがぶつかって、弾けた。それは奇跡的に同じタイミングで。

全身から一気に力が抜け落ちて、悠介の腕にしっかりと抱き留められる。

「寝てもいいぞ。……俺はここにいるから」

熱く優しい腕の中で、明日を夢見ることのできる幸せに、躊躇なく溺《おぼ》れる。

自分の気持ちが、どうして自分の意のままにならないのか不思議だったけれど、気持ちというのはたぶん、しがらみとか計算とか、そういうのを全部取っ払った、自分の本当の意志なのだろう。中からしか変えられない、無垢な想い。

俺の気持ちはいつも一心に悠介だけを求めていた。

再会が天使のいたずらだったのか、悪魔のいたずらだったのかはわからない。でも、もうどっちでもよかった。

俺は、この運命に心から感謝する。

「朝飯、なに食う？」

シャワーを浴びて戻ってきたら、悠介がベッドヘッドの引き出しを開けようとしていた。

「な、おまえ待て！」

制止しようとしたが、時すでに遅し。全開になった引き出しの中には、白いストラップがひとつポツンと入っていた。

「これ……捨ててなかったのか」

悠介が嬉しそうにそれを取り出した。鹿の角でできたお守り。一緒に北海道に行った時に買った、唯一のおそろいのもの。

「わ、忘れてたんだよ」

隠そうとした時点で覚えていたことはバレバレなのだけど。未練で持っていたなんて、思われるのはなんか悔しい。

「どうせおまえは……捨てたんだろ」

少なくとも今使っている携帯電話にはつけていなかった。俺が好きならつけとけよ、と思う。

悠介は小さく微笑んで立ち上がると、自分のバッグの中から携帯電話を取り出した。薄いパープルの携帯電話に、白いストラップが揺れる。

「え？」

「いつも持っている携帯は仕事用。これが俺個人の。番号もアドレスも五年前から変わってない」

「仕事用……」

確かに、俺が前に見た携帯電話は真っ黒だった。

「おまえの携帯、出せよ」

言われて、仕事用もプライベートもない携帯電話を悠介に渡す。

それに悠介はしまい込んでいたストラップをつけた。

「おいっ、俺は仕事もこれなんだぞ。おそろいって……。おまえその携帯、絶対会社で出すなよ」

うちのスタッフにおそろいなんてばれたら、なにを言われるか。恥ずかしすぎて死ねそうな気がする。

「これは魔除けだって言ってたからな。外すなよ」

悠介はなにも聞いていない顔で楽しそうにストラップを揺らした。なにかとても、ものすごく嫌な予感がするのだけれど。

憮然とした顔をしていると、腕を引かれた。少し前に脱出したばかりのベッドの上へ、悠介の体の下へ逆戻り。

「な、なんだよ」

まさか朝っぱらから……。いやさすがにそれはないだろう。俺は休みだが、悠介は今日も仕事のはずだ。そんなことを思っているうちに、手が体をまさぐりはじめた。

「ちょっ、なにする気だ⁉」

「そりゃ……おまえがまだストラップ持ってたなんて知ったら……盛り上がってしまうだろ」

「馬鹿、おまえ仕事だろ⁉　もう出勤時間じゃないのか⁉」

魔除けの効力は、やっぱりこの男には及ばないのか。

「うちはフレックスだからな。昼から出社すると、さっき電話しておいた」

「な、おい、無理だって！　俺の言うことを聞け！」

胸に舌を這わせようとする首根っこを摑む。

「聞くよ。いくらでも……おまえの言うことならなんでも」

微笑んで、その手が内腿の付け根あたりをさらっと撫でる。

「――っ！　聞き流してんじゃねえよ！」

五年の空白で、答えが返ってこない辛さを思い知った。どんな言葉でも返ってくるのが楽しい。きっと、今は長く思える五年という月日も、ずっと一緒にいれば、ちょっとの間だったと思えるようになるだろう。永遠なんて望まないけれど、できるだけたくさんの朝を一緒に迎えたいから、俺は話をする。たくさん無駄話をして、たまーに好きだと言おう。

その前に、暴走する獣に「待て」を教え込まないといけないようだが。

結局、今日は暴走を止められず。一回で終わらせるのが精一杯だった。解放されたのは昼少し前で、悠介を叩き出してちょっとだけ寝るつもりが、起きたら夕方だった。

「光流さん、今日は下りてくるの、遅かったですねえ……」

事務所に顔を出したら最初に声をかけてきたのが朋哉で、なぜだかすごく罪悪感を覚えた。

「ああ、ちょっと……寝過ごした」

「ふーん」

朋哉のもの問いたげな視線から逃れるように、デスクについてノートパソコンを開く。

俺は休みだが、会社がまるごと休みなわけではなく、それぞれ予約を入れない日を作って調整している。それでも俺は自分が休みでも事務所には顔を出すから、ほぼ年中無休だ。

しかし今日はおとなしく休めばよかったかと思う。今頃になって殴られた腕がズキズキと痛んで、それよりなにより腰が……全身がだるい。

「光流さん」

溜め息が漏れたところで後ろから呼びかけられ、背筋が伸びる。

「な、なんだよ、朋」

「より、戻ったでしょ?」

ストレートに問われて、しらばっくれることもできなかった。なにか言おうと口を開けて、だけどなにも出てこない。

「やっぱりなー。ピンクのオーラ出ちゃってますよ。色気垂れ流しって感じ。みんなが戻ってくる前に帰った方がいいと思いますけど」

事務所には朋哉しかいなくて、話し中のランプが二つ点いている。あとの二人は外に出ているのだろう。

「と、朋……あのな」

「遅かれ早かれ、よりを戻すだろうと思ってましたよ。俺じゃダメなんだってことは、あの日すでにわかってたし。でも、敗北感まで上乗せですよ。ライバルに助けられて、それきっかけでよりを戻されるなんてなー」

朋哉がやさぐれて言う。

「いや、それきっかけってわけじゃないし……おまえがあいつに敗北感なんて、感じる必要ないし。あいつはああいうのに慣れてたってだけだ。立場が逆なら、俺だって殴ってた」

「俺のために？」

「ああ。言ったろ、大事だって」

照れくさいが真面目に言う。負けているなんて思わないでほしい。

「また、そんな顔でそんなことを言うから……」

朋哉は眉を寄せ、困ったように笑った。

「ああ……ごめん。でも俺は、あいつがおまえより優れてるから好きになったわけじゃない。実際、おまえの方がいい男だと思うし……」

「いい男すぎてふられるか、俺……」

なにを言っても、慰めにもならない。俺にはなにもしてやれないということが辛かった。

「ごめんな」

一言謝って、それで俺からこの件について言うのは終わりにしようと思った——のだが。

「別に謝る必要はないですよ。人の心は変わるものだし。俺も話術とか心理学とか勉強してるんですよ？　いい男なんて思ってるところが……わりと術中にはまってるし」

人の悪い顔で、朋哉がニッと笑う。ちょっとばかり不吉な笑顔。

「朋、くん？」

「大丈夫、光流さんの気持ちはわかってますから。なるべく諦める方向ではいきます」

「ありがとう」

礼を言うべきところなのかわからないけれど。

そこにドアベルの音が軽やかに響いた。

「……ゆ、悠介」

タイミングが悪いにも程がある。

「なんだ、寝てなくていいのか？」

開口一番にそれなのか。俺と朋哉だけという状況で、言っていいことと悪いことの区別が……つくから言っているのか、もしかして。

「いらっしゃいませ。なんの用でしょうか、先生」

朋哉は慇懃《いんぎん》無礼《ぶれい》に、おまえは部外者だろ的なアピールをする。

「これ、朱乃さんに。頼まれてた合コンリスト」

悠介に手渡された紙には、男の名前と職業がずらり。

「おまえなにやってんだよ。忙しいんだろ？」

『おまえの周囲にいる人には、ぜひとも早めに身を固めてもらいたいからな。なんなら君にも紹介するけど？　女でも、男でも」

悠介は朋哉に向かってにこりともせずに言う。

「間に合ってますから」

朋哉の顔にもいつもの軽い笑顔はなく、睨み合うのを見て頭痛がする。

『そうだ、光流さん。俺がちょっと盛り上がりすぎて壊した、ベッドの上の壁。俺、ちゃんと補修しますから」

朋哉はいきなりこっちを向いたかと思えば、にっこり笑って誤解し放題なことを言う。

「と、朋!?」

確かに俺は朋哉をいい奴だと思いすぎていたかもしれない。恐る恐る悠介を見れば、笑っていた。俺を見て。すごく作り物めいた笑顔で。

「あー、先生、いらっしゃい！」

みどりの甲高い声がそこに割って入って、険悪な空気に風穴が空いた。女神降臨。二人は瞬間的にスマイルの種類を変えた。

建前と本音を巧く使い分けることは、人間関係を円滑にする上で大事なことだと思うけれども。

「あ、なにこれ、格好いいストラップですね」

みどりが言った言葉にドキッとする。悠介がプライベート用の携帯電話を出したのかと、焦って目を向ければ、みどりが見ていたのは悠介のブリーフケース。黒くてシンプルなそれに、ストラップが下がっているのはすごく目立つ。

どういうことだと悠介を睨みつけるが、こっちを見ようともしない。

「さすが女性は目敏《めざと》いですね。これ、魔除けなんですよ。変なのが寄ってこないように――」

「先生！　長谷部先生、ちょっとお話があります！」

俺は悠介の腕を摑んで、強引に事務所から連れ出した。事務所からは見えない路地の隅。

「なにしてんだよ、てめえは!?」

「なにって、朱乃さんのを口実に、おまえの様子を見に来たんだろ。そしたら思いがけず二人で親密そうに話してるのが見えて……ベッドの上で壁を壊すほど、なにに盛り上がったんだ？」

怒っていたのはこっちのはずなのに、とんだ藪蛇《やぶへび》だ。

「ご、誤解だ。あれは朋がわざとああいうふうに……」

「まあ、詳しい話は今夜にでも聞く。ストラップ外すなよ。外したらなにをしてしまうか……」

「脅す気か!?　てめえ、調子に乗ってんじゃねえぞ」

「照れるなよ。強引な俺が好きなんだろ？　るる……」

こんなところで甘い雰囲気など垂れ流されても迷惑だ。顔は赤くなってしまうけれど、嬉しくなんかない。すっかり自分のペースを取り戻してしまった悠介を睨みつける。

「さっさと帰れ！」

「いい顔。じゃ、また今夜」

溜め息をついて、五年前とは明らかに違う後ろ姿を見送る。

また会う約束ができるだけで、こんなに幸せな気分になれるとは、五年前は知らなかった。

「……え、今夜？」

まさかあの男、今夜もまた『強引な俺』を披露する気じゃ……。朋哉の件もネタにされるに違いない。想像しただけで腰のだるさが増した。

しかし、五年前より確実に重くなった疲労感も、また話ができる悦《よろこ》びに勝ることはなかった。

おわり

あとがき

明日もきみと恋の話、お読みいただきありがとうございます。作者の李丘那岐です。

お話をする会社という、儲けるには多大なる努力を必要としそうな会社を経営する青年のお話でございました。

今回の設定を考えた時に、実際にこういう会社はあるのだろうかと、インターネットさんにお伺いを立ててみたのですが。いやあ……世の中にはいろんな会社があるもんですね。都会には、「愚痴聞き屋」さんという人が、路上に立っていたりするそうで。

繁盛しているかどうかまでは、さすがのインターネットさんも教えてくれませんでしたが、儲けないだろうことは想像に難くない。まあ、勝手な独断ですけれども。

それでも、やりたくてこの商売をやってる主人公は、苦労人というよりは、苦労好きなんじゃないかと思われます。なので、いろんな苦労をてんこ盛りに背負わせてあげたんですが、苦労も幸せもウエハースに挟み込んで、美味しーくいただかれてしまった感じです。

それにしても話し屋さん。おもしろそうな仕事ではあるけど、公私の別をつけるのは難しいだろうなあ……とか、好みのイケメンなら私は金払うぜ！　……とか。いろいろ細かい突っ込みを入れつつ、お仕事に関してはざっくり書かせていただきました（笑）。

どうか、大らかな気持ちで読んでいただけると嬉しいです。って、もう読んだ後ですかね……。

さてさて。この本で特筆すべきは、なんといってもイラストでございます！　……と、断言してしまうのは、本文責任者としてどうなんだという気がしますが。

イラストレーター様の名前をお聞きした時、「ニヤリが似合う素敵攻め様にしよう！」と、確かに目指したはずなんです。なのになぜ、こんなにヘタレた……。

思い通りにならないのはいつものことなんですが、自分にがっかりです。

だけど、イラストは素敵でした！　大げさでなく感涙。ええもう、私はただのファンですから。

桜城やや様、さすがのプロフェッショナルなお仕事、本当にありがとうございました。

担当様、いろいろとご迷惑おかけしました。この本の制作販売に関わってくださったすべての皆様に、厚く御礼申し上げます。

そして、最後まで読んでくださったあなたへ。本当にありがとうございます。少しでも楽しんでいただけたなら嬉しいのですが。もし気が向いたら、感想などお寄せください。

それではまたいつか、なにかのお話でお会いできることを祈りつつ。

二〇一〇年　茜の空にいわし雲泳ぐ日に……

李丘那岐

◆初出一覧◆

明日もきみと恋の話　　　　／書き下ろし

恋愛度100%のボーイズラブ小説雑誌!!
イラスト／佐々成美
イラスト／稲荷家房之介
多彩な作家陣の
豪華新作!!
読み切り満載♥
ノベルズの人気シリーズ
最新作も登場!!
イラスト／明神 翼
人気ノベルズの
お楽しみ企画も満載♥
絢爛ピンナップ&
限定スペシャルしおり
&コミック
イラスト／蓮川 愛
小説
ビーボーイ
b-Boy
毎月
14日
発売
Libre
毎月のラインナップは、HP/モバイルでチェックしてね♥
A5サイズ

ビーボーイ小説新人大賞

「このお話、みんなに読んでもらいたい！」
そんなあなたの夢、叶えてみませんか？

小説b-Boy、ビーボーイノベルズ、ビーボーイスラッシュノベルズにふさわしい小説を大募集します！ 優秀な作品は、小説b-Boyで掲載、公式サイトb-boyモバイルで配信、またはノベルズ化の可能性あり♡ また、努力賞以上の入賞者には担当編集がついて個別指導します。あなたの情熱と新しい感性でしか書けない、楽しい小説をお待ちしてます!!

募集要項

************作品内容************

小説b-Boy、ビーボーイノベルズ、ビーボーイスラッシュノベルズにふさわしい、商業誌未発表のオリジナル作品。

************資格************

年齢性別プロアマ問いません。

************応募のきまり************

- 応募には小説b-Boy掲載の応募カード（コピー可）が必要です。必要事項を記入の上、原稿の最終ページに貼って応募してください。
- 〆切は、年２回です。年によって〆切日が違います。必ず小説b-Boyの「ビーボーイ小説新人大賞のお知らせ」でご確認ください。
- その他注意事項はすべて、小説b-Boyの「ビーボーイ小説新人大賞のお知らせ」をご覧ください。

************注意************

・入賞作品の出版権は、リブレ出版株式会社に帰属いたします。
・二重投稿は、堅くお断りいたします。

ビーボーイノベルズをお買い上げいただきありがとうございます。
この本を読んでのご意見・ご感想をお待ちしております。

〒162-0825 東京都新宿区神楽坂6-46
ローベル神楽坂ビル４階
リブレ出版㈱内 編集部

リブレ出版ビーボーイ編集部公式サイト「b-boyWEB」と携帯サイト「リブレ+モバイル」でアンケートを受け付けております。各サイトにアクセスし、TOPページの「アンケート」から該当アンケートを選択してください。(以下のパスワードの入力が必要です。)
ご協力をお待ちしております。

b-boyWEB http://www.b-boy.jp
リブレ+モバイル http://libremobile.jp/
(i-mode, EZweb, Yahoo!ケータイ対応)

ノベルズパスワード
2580

BBN
B●BOY NOVELS

明日もきみと恋の話

2010年11月20日 第1刷発行

著者 ―――― 李丘那岐

発行者 ―――― 牧 歳子
発行所 ―――― リブレ出版株式会社
〒162-0825
東京都新宿区神楽坂6-46ローベル神楽坂ビル6F
営業 電話03(3235)7405 FAX03(3235)0342
編集 電話03(3235)0317
印刷・製本 ―――― 株式会社光邦

Printed in Japan
ISBN 978-4-86263-859-5